最美追光者

最强王者篇

主编◎董进才　副主编◎朱力明　吴道友
浙江财经大学人力资源产业学院◎组织编写

经济管理出版社
ECONOMY & MANAGEMENT PUBLISHING HOUSE

图书在版编目（CIP）数据

最美追光者：最强王者篇 / 董进才主编；朱力明，
吴道友副主编. -- 北京：经济管理出版社，2025. 6.
ISBN 978-7-5243-0373-2

Ⅰ . I247.81

中国国家版本馆 CIP 数据核字第 2025VA2983 号

组稿编辑：李浩宇
责任编辑：张莉琼　王虹茜
责任印制：许　艳
责任校对：王淑卿

出版发行：经济管理出版社
　　　　　（北京市海淀区北蜂窝 8 号中雅大厦 A 座 11 层　100038）
网　　址：www. E-mp. com. cn
电　　话：（010）51915602
印　　刷：唐山玺诚印务有限公司
经　　销：新华书店
开　　本：720mm×1000mm/16
印　　张：17. 75
字　　数：331 千字
版　　次：2025 年 6 月第 1 版　　2025 年 6 月第 1 次印刷
书　　号：ISBN 978-7-5243-0373-2
定　　价：98. 00 元

主　　编：董进才

副主编：朱力明　　吴道友

董进才，1967 年 3 月生，河北鹿泉人，浙江大学企业管理专业毕业，管理学博士，教授。

浙江财经大学党委委员、副校长、人力资源产业学院院长，长期从事企业管理、农村合作组织、组织文化、商业经济等方面的研究。

获浙江省高校中青年学科带头人、浙江省"新世纪 151 人才工程"第三层次、浙江财经学院中青年学科带头人、河北省新世纪"三三三人才工程"第三层次、河北省中青年骨干教师等荣誉称号。

朱力明，1974 年 9 月生，浙江萧山人，浙江大学公共管理硕士毕业，高级经济师，浙江财经大学管理学院党委书记兼副院长。

吴道友，1975 年 2 月生，湖北赤壁人，浙江大学企业管理专业毕业，管理学博士，教授，美国密歇根州立大学（Michigan State University，MSU）访问学者。

浙江财经大学人力资源产业学院执行院长，人力资源管理国家一流本科专业建设点负责人，浙江省人力资源和社会保障协会理事。

序　言

致敬"最美追光者"，做新时代高素养劳动者

浙江财经大学自 2022 年获批省属首批社会培训评价组织，三年来累计有 25000 余名人力资源管理（HR）从业者参加我校企业人力资源管理师、劳动关系协调师、职业指导师等相关职业（工种）的职业技能等级认定考试。

这些考生中，有即将步入社会、渴望以专业证书提高市场竞争力的 HR 相关专业大学生，他们期望凭借证书在求职过程中脱颖而出，成功入职心仪企业；亦有深耕人力资源领域、期望通过专业认证推动自身职业发展的资深 HR 从业者，他们通过不懈努力，赢得了公司的认可，并晋升至更高职位；更有跨行业从业者，为实现职业转型努力学习并参加职业技能等级认定考试，这一小步的跨越，为他们开启了职业发展新篇章。

每位考生均怀揣着梦想与期待，踏上了职业技能等级认定的"追光"征途，成为"最美追光者"。很多考生通过自己的不懈努力，顺利取得了我校颁发的职业技能等级证书，实现了自身职业发展的新跨越。

为树立榜样，激励更多人力资源管理从业者不断提升自我、追求卓越，做新时代高素养劳动者，浙江财经大学人力资源产业学院特举办了"最美追光者"活动。依托我校职业技能等级认定的庞大考生群体，我们遴选出 100 名取得我校职业技能等级一级证书的优秀考生，用文字记录了他们"追逐光芒"的历程。

我们衷心感谢所有分享追光故事的考生，他们以行动诠释了学习的无限价值。无论在哪个行业或领域，持续学习、提升能力、做高素养劳动者，始终是我们紧跟时代步伐、坚定向前的必然要求。

让我们以"最美追光者"为榜样，用满腔热情、无限智慧和不懈努力共同编织属于自己的美好未来。

在新时代，让我们怀揣梦想，追光逐梦，砥砺前行，共同书写辉煌的人生篇章！

吴道友

浙江财经大学人力资源产业学院执行院长

2024 年 11 月

目录
contents

1. 丁花：把失败当历练，把成功当激励

个人基本情况

工作职务： 自由职业

工作地点： 浙江省建德市

证书情况： 2024 年企业人力资源管理师一级

一波三折的取证路

2009 年我首次报名参加人力资源管理师考试，当时还是全国统一考试的形式，题量大、通过率也不高。我当时在培训机构报的名，每周要去学校上课，白天工作，晚上回家做题，但是最终经过一次补考也没能取得证书。因为这是毕业后首次考证，这样的结果对我打击很大，满满的挫败感。直到 2018 年，其间我一直从事人事相关的工作，从一名专员做到 HR 经理、办公室主任，尽管工作经验已相对丰富，但是没有相关的资质证书对我的职业发展有一定的影响，我最终决定再次拿起书本走上考取证书的道路，并根据条件报名了二级。当时是分两次在杭州两所学校进行考试，综合评定由三位老师进行面评。虽然工作中经历过很多会议和培训，但是面对三位经验丰富的老师时还是有点紧张。这次备考了大概

— 1 —

三个多月，几乎每天都会听线上课程，做历年试题。考前试卷能做到80分，最终二级一次通过。现如今国家对人力资源管理师考证进行了改革，大家都"谈证色变"，尤其对该证含金量表示质疑，我也犹豫过，但是最终我还是决定报考人力资源管理师一级。其原因包括以下两个方面：一是已从事该工作多年，且希望今后在这条职业道路上有更好的发展；二是认为既然已考过了二级，为何不登顶呢？

浙江财经大学的终极认定考试

2024年我报名参加了浙江财经大学企业人力资源管理师的认定考试，因当年同时参加了社会工作师的考试，所以人力资源备考时间较短，加上工作变动的影响，备考投入的精力不足，导致首考只过了综合评审。但我马上收拾好心情进入补考备考，最后两个月通过大量刷题，最终顺利拿到一级证书，企业人力资源管理师的取证之路就此完美到达终点。在这里不得不夸一下浙江财经大学的考场，其准备工作真的令人惊艳。随处可见的指路牌，创意签到拍照墙，舒适方便的休息区，就连放包的地方都用薄膜纸铺垫到位，让考生能轻松、安心地参与考试。

坚持不懈终成功

没有谁能随随便便成功，华罗庚说："聪明在于勤奋，天才在于积累。"有些人每次考试都一次通过的原因是人家在背后默默努力。大部分人都是一边经历失败，一边发愤图强，不要因为一次的失败而放弃前行的道路，失败不可怕也不丢人，即使不成功也会拥有一份宝贵的经历。我从三级到一级经历了 15 年，如果决定去做就要坚持下去。也许你要边上班边学习，也许你要边带娃边看课程视频，也许你正经历失业且对未来感到迷茫，但请不要放弃，因为付出总会有回报。当你成功后再回头看，一切都是值得的。

考试，是一件很平凡但又很难的事情。平凡在于大家都很"卷"，难在于各类证书的要求越来越高。但是请相信，暗透了便是光明，路不总是一帆风顺，当你坚定地走过时，一切都会有转机。

2. 马玉进：坚定信念，励志前行

个人基本情况

工作单位：杭州工蚁人力资源有限公司
职　　务：首席执行官兼人力资源部负责人
工作地点：浙江省杭州市
证书情况：2023 年企业人力资源管理师一级
　　　　　2024 年职业指导师一级

坚定信念，勇敢追梦

在这个瞬息万变的信息时代，我们要学会把握机遇，勇敢地迎接挑战。只有拥有坚定的信念和执着的追求，才能在人生的道路上不断前行，最终实现自己的梦想。

很多人都有一种感慨：如果我再回到学校，不是清华，就是北大。看似调侃，实则反映出这些人都是潜力股，骨子里是热爱学习的。《劝学》有言：学不可以已。虽早早地离开了学校，但我未曾停过学习的脚步。我的学历提升教育、职业等级考试、职业技能考试及相关培训都是在工作之余完成的。朋友们都说我很好学，同事们也总说我是一位积极上进的领导，但我总觉得自己仍然像个学生一样，充满了对学习和校园的热爱。常言道：活到老，学到老；活到八十还嫌少。工作固然重要，但学习也不可因此而荒废。

缘起工作，奋进追赶

我清晰地记得2008年我在参加校招时通过上海一家人力资源外包公司（我老东家）的介绍去面试百度上海总公司的电销岗位，由于既没经验，能力还一般，因此未通过面试。这是我第一次接触到"人力资源"这个词。最后在与我对接的那位小姐姐的推荐下去了人力资源外包公司上班。自此我便进入人力资源这个行业，一直走到现在，算算有16个年头了。在工作中我慢慢发现：我不仅喜欢这份工作，更喜欢这个行业。

2010年我和朋友在上海成立了一家人力资源公司，并开始以自己的方式去热爱人力资源这个行业。俗话说得好：不当家不知道柴米油盐贵。我慢慢发现运营公司挺难的，业务中不断遇到各种问题，比如人员招聘交付保质期、薪酬设计、员工关系处理、纠纷规避等。我在苦恼的同时也开始去了解一些人力资源培训方面的课程。由于种种原因我仅报名但并未参加考试。2017年我到杭州组建新公司之后才开始付诸实践：积极报名、参加培训、认真备考并在2023年顺利通过企业人力资源管理师一级的考试。也因此结缘浙江财经大学的一些志同道合的小伙伴。

初心可贵，励志前行

古人云：问学必有师，讲习必有友。最让我享受的是学习和备考的过程。年近四十，早晨拿着手抄的笔记在小区拐角处背书，下班回家吃完饭立马刷题找知识点。每每筋疲力尽，在备考群里发个信息吐槽下，群里小伙伴的各种图文鼓励便蜂拥而至，瞬间感觉满血复活。考证再一次让我感觉到学习的快乐与同学之间的友谊。我今年刚通过职业指导师一级的考试，发现跟我的职业匹配度很高，其中的人力外包业务理论给了我很多启发，也为我成功解决棘手问题提供了参考。在此感谢浙江财经大学提供的平台，让我有机会不断地学习成长、发现真实的自己。

考证是一个挑战自我、提升自己和增强个人竞争力的过程，保持积极的心态，专注于学习和个人成长比证书本身更重要，要以积极的态度和科学的方法来对待这一经历。考证之路，更要不断突破自己，坚守初心。让我们顶峰相见。

3. 马珍珍：我的职场转型与成长之旅

个人基本情况

工作单位： 浙江全美服装科技集团有限公司
职　　务： 人事专员
工作地点： 浙江省湖州市
证书情况： 2023 年企业人力资源管理师一级

从销售专员到人事专员，这一路走来，我经历了从自我怀疑到自我肯定的转变。起初，我对自己的能力充满了疑问，是否适合人事这一行，是否能够胜任这份工作。然而，随着时间的推移，我遇到了一群志同道合的同行，他们在培训和考试中分享经验，对案例进行深刻解析，他们的专业和热情让我心生崇拜，也激发了我继续前进的动力。

我工作的第一家公司是一家拥有 2000 多名员工的大型工厂，在这里我开始了人事专员的职业生涯。起初，我的工作是整理劳动合同、负责考勤和薪酬管理。这些看似琐碎的工作，却让我对人事工作有了初步的了解和认识。随着时间的推移，我开始接触招聘面试和处理员工劳动关系等更复杂的任务。这些挑战让我在人事岗位上得到了快速的成长和提升，我开始意识到，尽管工作忙碌，但每一天都充满了成就感和充实感。

2019 年，因为家庭原因，我来到了湖州，这个对我来说是第二个故乡的地方。在这里，我加入了全美集团，开始了新的工作旅程。在领导的支持和同事的帮助下，我逐渐成长为人事领域的行家。同事们开始向我咨询劳务关系的问题，而我在组织培训方面的表现也得到了大家的一致好评。这些认可让我更加坚信，人事工作是我热爱并愿意为之付出努力的事业。

工作至今，我深刻体会到人事工作是一个不断学习的过程。每一次工作经历，每一次挑战，都是提升自己各项能力的机会。一次偶然的机会，我在网上看到了企业人力资源师一级的报名通知，这让我心动不已。我意识到，这不仅是一个提升自己专业水平的机会，也是一个将理论知识运用到实际工作中去的实践机会。

从报名到考试结束，我深刻体会到理论知识与实际工作相结合的重要性。考取企业人力资源师一级证书并不是我职业生涯的终点，而是一个新的起点。它让我更加懂得如何与上级汇报工作，如何识别自己的不足，并及时加强学习。我明白，无论未来的路如何，每一次的经历都是在提升自己。

在这个过程中，我学会了如何更好地与同事沟通，如何更有效地解决问题，学会了在压力下保持冷静，学会了在复杂的情况下做出明智的决策。这些技能不仅仅适用于人事工作，他们是我职业生涯中宝贵的财富。

现在，我依然在人事岗位上不断学习和成长。我深知，只有不断学习，不断进步，才能在这个快速变化的世界中保持竞争力。我期待着未来的挑战，也相信每一次的经历都会让我变得更加强大。无论道路如何曲折，我都将坚持走下去，因为我知道，每一次的经历都是在提升自己，每一次的努力都不会白费。

在职场旅程中，我深刻体会到，成长的道路从不平坦，但它总是充满希望和可能。我愿将这段经历视为生命中的宝贵财富，它不仅塑造了我，也赋予了我前行的力量。在未来的日子里，我将继续保持对知识的渴望，对工作的热爱，以及对挑战的勇气。我相信，只要我们保持坚定和乐观，就没有克服不了的困难，没有达不到的高峰。

让我们以星辰为引，以梦想为帆，勇敢地航行在职场的大海中。每一次跌倒都是成长的垫脚石，每一次挑战都是自我超越的机会。让我们拥抱变化，拥抱成长，用我们的努力和智慧，书写属于自己的辉煌篇章。愿我们都能成为自己故事中的英雄，不畏风雨，砥砺前行，直至抵达心中的理想彼岸。

4. 马兢：感恩自己

个人基本情况

工作单位： 海盐县鸿博职业技能培训学校
职　　务： 行政助理
工作地点： 浙江省嘉兴市
证书情况： 2024 年企业人力资源管理师一级

百折不挠

2017 年，我第一次参加企业人力资源管理师二级的全国统考。当时每年只有两次考试机会，我记得我考了三次，第一次考的时候过了一门，第二次考的时候又过了一门，大家都知道要过三门才能算通过。可想而知，第三次考试对我来说是需要勇气的。算算日子，第三次考试的时间离我家"老二"的预产期很近，我当时也有些纠结。但我很庆幸，因为我从小到大都比较有主见，是天不怕地不怕的性格，所以我毅然决然地选择了继续前行。等考完后，我就向单位请假去生"老二"了。最终，三门一次性通过，我无比感谢自己，是自己帮助了自己。

很快到了 2022 年，当时的政策是取得二级证书满 4 年可以报名考一级，所以我 2022 年就蠢蠢欲动了。我通过嘉兴市明德职业技能培训学校报名参加培训，继而选择在浙江财经大学参加职业技能等级认定。

我是 2024 年 2 月取得的企业人力资源管理师一级证书，是第二次考试才全部通过的。第一次过了一门，第二次把剩下的两门都给通过了，我的宗旨是不能轻易放弃。

我记得第一次到浙江财经大学参加认定考试的时候觉得学校很大，标识牌做得很好，很容易就能找到，工作人员都很热情，并且中午吃饭休息的地方也很敞亮，我对那里印象很好。

感慨万千

取得证书后我感慨万千，感恩自己有百折不挠的精神，内核的强大取决于坚韧的毅力，感恩一路上所遇到的困难，使我更加强大，感恩一路上所遇到的鼓励我的朋友，感谢你们的支持！感恩一切，生活是多么的美好啊！

我觉得本次报考、备考和拿证过程，对自己后续工作和学习发展的帮助很大，让我有面对一切困难的勇气，扎实地走好每一步，不放弃，一定会看见属于自己的彩虹。

我对其他 HR 从业人员发展提升的建议就是一定要参加技能考试，参加技能考试不仅可以再次提升自己的专业知识，而且也是对自己实力的检验。

5. 邓昌友：无冕之途——以考证铸就辉煌

个人基本情况

工作单位： 浙江易跑健康科技有限公司
职　　务： 总经理助理
工作地点： 浙江省金华市
证书情况： 2023 年企业人力资源管理师一级

无冕之路

自 2005 年大学毕业，我踏入职场已有二十载。这漫长的职业生涯，并非一帆风顺，而是充满了曲折与艰辛。没有名校的光环，没有家族财富的支持，更缺乏资深导师的指引，但我始终坚信，唯有不断地学习、自我改变和提升，才能在职业道路上不断前行，走得更高、更远。

我以优秀大学毕业生的身份步入职场，开启职场生涯，在职场经历几年后我深深领悟到，学校里学到的知识仅仅是职业发展的基石，要在职场上有更好的发展，所需的技能和知识远不止此。一分耕耘一分收获，为了在职场上不被淘汰，我尝试不断报名参加各类专业培训。

2019 年，我报考了劳动关系协调师二级，白天忙于工作，晚上则沉浸在书本和题库中。经过一个月的艰苦复习，我踏入了熟悉的考场。幸运的是，这次顺利通过了考试，终于获得了属于自己的第一本技师证书，并享受到了政府的补贴待遇。自从拿到劳动关系协调师证书后，我一直关注什么时候可以报考高级技师，后来国家对企业人力资源管理师资格证书进行了调整，改成由第三方机构进行考评发证，当时在整个浙江省具备高级企业人力资源管理师认定资质的机构有很多家，通过对比我最终选择了浙江财经大学，因为浙江财经大学在整个行业具有非常突出的优势，所以我在2023年报考了浙江财经大学的一级企业人力资源管理师并获得了证书。

学习——撬动未来的金杠杆

自从体验到考证带来的成长与收获后，每当遇到有助于个人发展的证书，我都会积极学习并报考。从二级劳动关系协调师到一级人力资源管理师，以考证为结果为导向，我开启了工作与学习两不误的模式，不管工作多繁忙，都强迫自己花一些时间来看书、做题。同时，注重理论与实践相结合，知行合一，促使自己牢牢掌握相关的重点知识。

以前的经验和知识使我在看书、做题时能够触类旁通，举一反三。同时，我也能将工作中遇到的实际问题与所学内容相结合，这不仅加深了我对知识的理解和记忆，也使我在备考过程中感到更为轻松和自如。我身边的很多朋友都感到不解，为何我这位多年深耕于质量领域的管理人才，会选择学习企业人力资源专业的知识并考取相关资格证书。因为我深知机会永远给予做好准备的人，更知道要做好公司的质量管理，不仅要懂质量，还要懂人力管理、生产管理、经营管理、项目管理等，只有懂得多了，才能站得更高，看得更远，一个人的职业成长并非是因为身处高位才去学习，更多的是因为学习才让我们有机会成为高管，并更好地胜任这一角色。机会总是青睐有准备的人，我深信这一点。

这些年来，我通过不断考证来鞭策自己持续学习，不仅使我的专业知识得到了显著提升，还让我结识了许多志同道合的良师益友。在职位上，从质量经理、集团质量部副部长、副总裁助理、合资项目总监再到总经理助理，在管理权限范围方面，从质量到项目、行政人事、售后、PMC、采购等，在资质及认可方面，被政府及事业单位聘为专家、讲师、顾问等，同时享受政府津贴，2024年荣幸获得金华市"八婺金匠"荣誉称号，这些荣誉的背后都是通过学习考证的沉淀，有些证书当时考的时候看似没有什么用，可你认真学习过后，一定会在你急需要用的时候给你赋能，证书也是一样，如评职称及评选各种荣誉时都是加分项。

考证的道路固然艰辛，但只要有明确的目标和合理的方法，并且坚持不懈，就会发现过程虽苦，收获的果实却是甜美的。我坚信，只要付出足够的努力，就一定会有收获。

6. 毛海霞：以热爱为引，HR 成长之旅

工作单位：安波福电气系统有限公司
职　　务：人力资源主管
工作地点：浙江省嘉兴市
证书情况：2023 年企业人力资源管理师一级

心寻光热，愿破茧绽

刚毕业的时候，我有幸加入了一家世界 500 强企业，成为运营方向的管培生。在轮岗制度的历练下，我穿梭于多个部门，深入体验了不同的工作环境和工作职责。也正是因为这段珍贵的轮岗经历，我渐渐发现自己内心深处更喜欢也更适合人力资源这个领域，而非企业运营。

于是我决定换一份人力资源的工作，从零起步，投身于人力资源的广阔天地。然而，随着工作经验的积累，我意识到自己在人力资源领域的认知仍然较为局限，只掌握了一些人力资源相关的事务性内容，缺乏系统性的人力资源知识。在 2019 年初，我设定了一个明确的目标——考取人力资源管理师二级证书，以督促自己进行系统的学习。

那时候我买来了二级的书，开始了白天忙于工作，晚上和周末埋头研读教材、做题巩固的日子。经过半年的努力，我终于顺利拿下了人力资源管理师二级的证书。那一刻，我既激动又高兴，因为这不仅仅是一本证书，更是我自学成果的象征啊！一分耕耘，一分收获，这份收获让我更加坚定了继续深造的决心，当时我就决定四年后继续挑战一级。

不过，一级的考证历程并不像二级那般顺利，四年后的我工作更忙了，还有辅导孩子作业的压力，并且记忆力也不如之前备考二级的时候了。2023 年上半年的考试我没有通过全部的科目，但也许是冥冥中的安排，在那时我认识了黄会老师，听她幽默风趣的课程，让生涩的内容变得生动起来，也让我重新拿起课本继续补足自己的薄弱模块，积极备考，最终在下半年的补考中顺利上岸。

唯有热爱，可抵岁月漫长

尼采曾说过："人活着总是要爱着点什么的，假使你没有了热爱，那这生活自然也是暗淡无光的。"在我的职业生涯中，并没有轰轰烈烈的职业巨变，更多的是因为对人力资源的热爱，让我一步步从小白变成相对资深的人力资源从业者。

从最初踏上 HR 这条路到现在，我经历了很多变动，也承受了很多压力，但是我经常告诉自己，所有的经历和遇见都是生命中最好的安排，在这个纷繁复杂的世界中，只要我们静下心来，不断探索、突破自我、持续成长，最终定会得到上天的嘉奖。

所以，亲爱的 HR 伙伴们，愿我们都能保持这份热爱，去做想做的事，去成为想成为的人，去奔赴一场又一场的山海！

7. 王方丽：迷茫到飞跃的历程

个人基本情况

工作单位：乐歌人体工学科技股份有限公司
职　　务：人事经理
工作地点：浙江省宁波市
证书情况：2023 年企业人力资源管理师一级
　　　　　　2024 年劳动关系协调师一级
　　　　　　2024 年职业指导师一级

考证历程

2014 年，是我踏入职场的第 7 年。虽然已经晋升为生产部门的管理骨干，但日常工作是"早出晚归，常年加班，手机 24 小时处于待命状态"。在公司，我是同事眼中的"小陀螺"，忙得团团转；在家里，我是"难得一见"的妻子、母亲。这样的工作状态带给我的职场成就感越来越低，一度令我陷入深深的迷茫。

一次偶然的机会，听同事说报考了人力资源管理师，后续有机会可以向人力资源方向发展。同事的话瞬间激发了我的兴趣，我果断报考了当年的人力资源管理师三级考试，并顺利拿到了证书。从此，我踏上了"考证之路"。

2017 年，公司人力资源部发布内部竞聘公告，通过层层筛选，我顺利转入公司人力资源部门。从此，我便在人力资源管理这一领域深耕细作。

十年来，通过不断的学习和提升，我先后拿到了人力资源管理师和劳动关系协调师的三级、二级及一级证书。随着专业能力的不断提高以及职位的提升，我的职业价值得到了充分的体现，待遇也实现了翻倍增长。

心得体会

十年的考证升级之路，对我个人而言，有以下四点收获：

第一，专业的认证，为我拓宽了职业生涯的道路，让我在激烈的竞争中脱颖而出，获得了更多的职场机会。

第二，坚实的专业基础，助我一路前行。通过不断的学习和考试，我的专业能力得到了系统性的提升，让我在工作中游刃有余，用专业的方式解决工作中遇到的各种难题。

第三，持续的学习，让我养成了自律的习惯。"在工作及家庭的双重压力下，坚持不懈地学习，直至成功"，这份毅力和自我驱动力，成为我一生的财富。

第四，在考证路上，我遇到了专业能力和综合素养较高的老师，他们为我解答疑惑、指引我前行，成为我一生的良师益友。同时，我也结识了一群志同道合的"追梦者"，大家结伴而行、相互支持、相互帮助，一起共赴山海。

最后，我想分享给大家的是：有时，你的坚持和努力也许不能立竿见影，但是日积月累，总会得到结果，带来某些收获。这样的收获才是真正意义上的财富。

以上是我关于考证的一些心得与体会，希望能给大家带来一些启发和帮助。让我们一起努力、共同成长！

8. 王伟：逐梦追光，创造未来

个人基本情况

工作单位: 杭州启微企业管理咨询有限公司

职　　务: 项目经理

工作地点: 浙江省杭州市

证书情况: 2014 年企业人力资源管理师一级

2023 年劳动关系协调师一级

2024 年职业指导师一级

　　我注意到非人力资源管理专业出身的人，多少都对自己的"不专业"有点恐惧，就如同一个没有经验的战士总担心在战场上子弹不够用；一个刚开业的超市总担心库存是否充足；一个刚入门的咨询顾问总担心遇到自己所不知道的理论模型……归根结底，是底气不足，感觉自己不够专业，无法达到稀缺状态。而参加系统的培训，考取一本专业的证书就成了水到渠成的选择。

　　我误打误撞地走上了人力资源管理的学习之路。2005 年，我在一个三四线城市加入了一家行业龙头的管培生项目，后来被选调到人事行政部参与公司的干部培训项目。就是在这个时候，我感觉到自己的专业知识不够用，部门同事讲的专业术语都听得懵懵懂懂，有些吃力，于是我萌生了考取专业证书、提升专业能力的想法。

　　心驰神往，便身体力行。人一旦向自己提出一个好问题，所有的资源都会自发聚集。2005年至今，我陆陆续续考取了企业人力资源管理师、劳动关系协调师以及职业指导师的一级证书，并有幸参与了三个项目的教学培训工作，目前培训学员逾万人。自己也从人力小白做到总监，到后来合伙创业开办咨询公司，用专业服务更多的客户。

我考取证书的缘起与历程，好比《桃花源记》的捕鱼人，循着源头的光，进入了一个新的天地。

考取一个专业的证书，不失为一个快速进入新专业、新行业的好方法，不仅可以掌握知识技能，建立认知，而且可以认识一群行业里的人，让自己快速进入学习状态，从而抓住转机，开拓自己的职业新天地。回过头来看，我职业生涯中遇到的机会、贵人，大多与参加培训学习有关，这似乎是一条线索，冥冥之中开启了一段段新的旅程。

所以，无论你想从事什么行业、什么专业，这都是一条切实可靠的路径，能让你快速、直接地走上正轨。不管怎么样，先做起来就成功了一半。

重要的不是你现在是什么，而是你想成为什么。所以我下定决心去学习知识与考取证书。我觉得人们常说的六个经典问题，也适用于处在这个快速变化又夹杂着希望、焦虑的变局时代的每一个人：

你到底想要什么？什么对你很重要？假如实现了，成功的画面是什么？你能做的是什么？你如何承诺坚持去做？你能为自己做些什么？

除了"经典六问"，我再加一个问题：你准备什么时候开始？

愿每个人都找到指引自己生命的那道光。

感谢浙江财经大学人力资源产业学院提供了这样的机会。加油！每一个努力前行的"追光者"！

9. 王碧君：奋斗中埋头赶路，不忘仰望星空

个人基本情况

工作单位： 宁波市君和牧方教育科技有限公司

职　　务： 首席培训师

工作地点： 浙江省宁波市

证书情况： 2023 年劳动关系协调师一级

路漫漫其修远兮，吾将上下而求索

2003 年，我大学毕业后进入了吉利的发动机部门从事文员工作。机会出现在 2005 年，当年吉利提出要开展全员培训工程，需要招募第一批专职做培训管理的人员。这个消息让我跃跃欲试，尽管当时我连培训具体要做什么，目的是什么都不清楚。不过在浙江的这家民营企业，你只要努力肯干，愿意不断挑战自我，职位就能持续提升。我努力着努力着，成为当时公司的培训负责人，后来又成为 HR 部门的负责人。我觉得，到了这个阶段，职位和收入都达到了理想状态，接下来的日子只要不掉队，就可以无忧无虑地在这家公司工作到退休。

故事的转折发生在 2015 年，当时有个工人微信给我留言："王部长，记得你在 2011 年的时候曾经说过，即使做一名产业工人，也可以怀揣远大的理想，不

断学习，努力提升技能，成为国家级工匠，最终受到国家的邀请，去人民大会堂参加国宴，人生的巅峰不外乎如此！这几年我一直将你的话铭记在心，努力学习理论和技能，今年在全国汽车装调工大赛中，我获得了一等奖，并被评为全国技术能手。"

看到他的留言我感到惭愧，他那年中专毕业，许下心愿，经过一点一点努力，短短 4 年就成了让我羡慕的人。相较之下，我对别人不断地倡导终身学习，而对自己却怠于成长，只满足于眼前的小小成就。于是从那一刻开始，我不断地钻研人力资源管理专业，除了在工作中进行经验总结，还研究中外管理的案例与实施，积累了大量的经验，提升了专业能力。比较遗憾的是，由于工作的原因，我一直抽不出足够的时间进行脱产培训，报考企业人力资源管理师一级。

2022 年，我已经创立了一家专注于为企业员工提供职业生涯发展服务的培训咨询公司。为了检验自己的专业能力，我决定报考劳动关系协调师一级，经过努力，2023 年 9 月，我一次性取得了这一含金量极高的证书。

从立志到实践，从实践到验证

我的考证之路分为两段，第一段发生于 2011 年，当时公司倡导人人要提升。那时候，考证是为了公司的要求，也为了晋升。因为当时公司规定，科长及厂部长必须取得技师或者工程师证书，所以我死磕教材，狂记知识点，发挥以前高考时候的潜能，终于险险过关，拿到了企业人力资源管理师二级证书。

第二段考证之路比较坎坷，在二级通过后，正常情况下四年后可以报考一级。但是那时候因为职位晋升以及高工资与证书已经没有太大的关系了，于是就懈怠了。然后，我的学员给我上了一课，告诉我人应该有梦想，应该不断地让自己变得更专业。

2023 年我决定报考一级，3 月我报名了相关的劳动关系协调师培训班，每个周末我都按时参加，即使是在出差的间隙，我也会不辞辛劳地乘坐早班飞机，拎着行李直奔教室。实际上，我并不惧怕考试。参加培训班，一是因为必修学时的要求，二是享受与同期同学共同交流学习的氛围。培训班里有一群志同道合的同学，他们对人力资源及劳动关系协调充满热情，并且拥有非常丰富的工作经验，我们一同探讨案例中的是非曲直，聆听彼此的案例分享，这些探讨与分享为我提供了宝贵的视角、带给我新的启发。

　　小小考试，轻松拿捏！但是在考证的背后，是数十年专业技能的积累，也是培训班的老师帮我把碎片化的知识进行系统的整理与框架式的呈现。我热爱人力资源管理这个专业，因此我在相关的专业技能上不断地磨炼自己，一级证书能够检验自己的成长是否达标，而后还有更长远的路要走。不仅要埋头赶路，也要仰望星空。我常常思考：下一站，我可以拿什么来证明自己？

10. 王霞：成长与坚持的旅程

个人基本情况

工作单位：宁波酶赛生物工程有限公司
职　　务：人力资源总监
工作地点：浙江省宁波市
证书情况：2020 年企业人力资源管理师一级
　　　　　2023 年劳动关系协调师一级
　　　　　2024 年职业指导师一级

考证历程

机缘巧合之下，我接触到了人力资源管理工作，我发现自己蛮喜欢人力资源管理这项工作的，而这项工作也与本人的优势及个性相符，因此，我希望通过学习和考证使自己在人力这条职业道路上有所发展。公司业务趋向多元化，对于人力资源管理的要求也不断提升。根据自己的经历，我坚定了在人力资源管理这条专业又利他的职业道路上继续深入发展的决心。

2018 年，我便考虑参加企业人力资源管理师一级考试，但因工作繁忙，拖到2020 年才重新提上日程。由于特殊时期线下培训无法进行，我只能自学。从 7 月中旬开始，我制订学习计划并每日打卡。我习惯早晨学习，在看书时看到朝霞升起，我便感觉全身充满了能量。我看完两遍书后，进入刷题阶段，但错误率高得想放弃。于是我换了学习环境，每天早上 7 点钟在办公室看书刷题。其间我遇到一位备考的同事，我们经常交流学习进度，互相鼓励，最终我们都顺利通过了考试。2020年夏天的朝霞见证了我们的努力和坚持，那也是我们见过最美的朝霞。

2023 年，机缘巧合之下，我看到了劳动关系协调师一级的培训信息。此时，刚好之前一起考证的同学也前来询问我要不要一同报考。思索片刻后，我欣然应允，毕竟共同学习、共同进步的机会实属难得。于是，我们再次踏上了考证之旅。

在本次学习考证的过程中，我们深入钻研劳动相关法律法规的各个细节。通过系统的课程学习、案例分析以及与老师和同学们的交流探讨，我们对劳动法律法规的理解更加深刻、全面，那些曾经感觉晦涩难懂的条款，在不断地学习与思考中逐渐清晰明了。我们不仅掌握了法律法规的具体内容，更学会了如何将其运用到实际工作中，为解决劳动纠纷、维护劳动者权益提供有力的支持。这次考证经历，让我们在专业知识和实践能力上都有了显著的提升。

心 得 体 会

每次考证的过程痛并快乐着，这个过程不仅促使自己保持学习和持续发展的心态，而且让我在个人成长的道路上不断前行。如果将考证比作在升级打怪的路上给自己挖装备的过程，那么每一个获得的知识和技能，如同装备一般，充实了我的"藏宝口袋"，相信这些装备将成为未来做选择时的底气和信心来源。

在这个唯一确定的事情是"不确定"的时代，通过考证，我不仅积累了知识、提升了技能，还磨炼了心态。每当翻看台历记录下的每天学习时长和内容，不禁成就感满满。近年来，人力资源知识不断迭代更新，保持学习力至关重要，这也是成为更专业的人力资源管理从业者的必要能力。愿我们一直保持热爱，不负期待。

11. 白粉丽：坚持长期主义，努力有了意想不到的意义

个人基本情况

工作单位：半导体芯片研发企业

职　　务：人力资源总监

工作地点：浙江省杭州市

证书情况：2016 年企业人力资源管理师一级

2024 年劳动关系协调师一级

从 2009 年开始考第一本职业资格证书至今，我先后获得了企业人力资源管理师一级、企业培训管理师二级、劳动关系协调师二级和一级的证书，以及中级经济师和高级经济师职称证书，可谓收获颇丰。这些证书记录了我从初出茅庐的职场菜鸟 HR，到上市公司人力资源负责人、咨询公司合伙人兼顾问讲师……以及还在继续的职场生涯中的许多故事。一路走来，有无数个值得纪念的瞬间，串联成了难忘的时光印记。

提笔写这篇文章时，头脑里闪过的点点滴滴，都围绕着一个中心思想：考证这件事，坚持长期主义，会让努力有意想不到的意义！

初出茅庐时的那些事儿

2009 年我第一次考企业人力资源管理师二级的原因是刚毕业没几年，人力资源的理论知识浅薄，想通过考证系统地学习人力资源的知识。于是我保持每年考一个证的节奏，持续三年，拿到了企业人力资源管理师二级、企业培训管理师二级、中级经济师证书。除了考证学习，当年对待工作超强的内驱力和主动性，现在想想都热血沸腾。那时刚入职杭州的一家新公司，我第一个星期就完成了领导交办的需要一个月的工作，于是主动找领导沟通要求多分配点工作任务给我。因为这次的主动，我开始接手了任职资格体系搭建和落地的工作，积累的体系搭建思路和落地经验，为 11 年后在咨询公司做顾问奠定了坚实的基础。

坚持长期主义的意外收获

2016 年以来，我带领部门小伙伴先后都获得了企业人力资源管理师一级证书（如今都申请到了杭州市 E 类人才资质）。拿到证书之后我写了篇心得分享到了学习群里，得到了两家培训机构的关注。于是，我有机会成为一名兼职讲师，站在讲台上为 HR 讲解二级和三级的企业人力资源管理师课程。2017 年我又参评了高级经济师，评审材料获得了评委的高度好评，35 个评委，34 票通过，或许算得上当年浙江省的最高点赞评审材料了吧！于是，有幸受邀参加滨江人力资源和社会保障局组织的高经评审会议分享经验，以及后来多次担任人力资源沙龙活动的分享讲师等。

浙江财经大学给 HR 的尊重

2024 年上半年我和曾经共事过的 HR 小伙伴，一起参加了浙江财经大学的一级劳动关系协调师考试，均取得了证书。浙江财经大学考试当天提供的服务和对 HR 的尊重，让我们体验了一次不一样的考试，教室门口放包的走廊上铺了干净的塑料布；等候的地方放置了足够多的凳子，考生们不用坐在地上。在浙江财经大学的考试现场，我们感到宾至如归。

备考经验分享

总结备考的经验，两点感悟和大家分享：第一，多刷历年真题，这是最便捷和方向最正确的学习方法；第二，理论结合实践，教材虽然偏理论，但如果能理论结合实践进行反思，学以致用，收获还是有很多的，这也是学习的价值。

人生的每个阶段都应该向上

在每一个晨光熹微中认真地看书，在每一盏夜灯下认真地做题，是一种积极的生活状态，如阳台上努力绽放的花一样，人生的每个阶段都应该向上。当我女儿早上睁开惺忪的睡眼，会看到妈妈在看书，我希望这个生动的画面，印在她的心里，像一个按钮，每当她回忆启动，按钮被按下，画面呈现，能有一点触动和激励在心中涌现，伴随她从童年到长大。

故事讲得差不多了，你看，考证这件事，坚持长期主义，真的会让努力有意想不到的意义！如同生活、工作中的很多事儿，只要你坚持长期主义，把眼前的事情做到极致，下一步的美好自然会呈现。

HR 是个伟大的职业，我们尽力让所有遇到的人，多多少少都被照亮或点燃，哪怕你给予的这束光很微弱。历经考验，对这个职业心有欢喜，热爱始终如一。

12. 包鲜鲜：考证心路历程交流分享

个人基本情况

工作单位：浙江伯乐遇马集团有限公司
职　　务：人资总监
工作地点：浙江省宁波市
证书情况：2023年劳动关系协调师一级

个人备考过程

大学读理工科的我其实对理工科并不是那么的喜欢，所以2007年毕业后选择从事的第一份工作就是人力资源管理，也正因为大学的课业对工作几乎没有什么帮助，所以毕业后就直接读了宁波大学工商管理专业的函授本科，也在工作过程中开始考取相关证书。

随着《中华人民共和国劳动法》的普及，越来越多的人拿起了法律武器去维护自己应有的权益，随之而来的是企业与劳动者的劳动纠纷也越来越多，作为一名HR，我既不希望看到同样作为打工者的员工受委屈，也不想让那些想钻空子的人有机可乘。虽然一直在学习，但还是觉得自己的理论知识以及实际经验不足，所以我去报考了劳动关系协调师一级，因为这个课程最接近实际所需。很幸运遇到了黄会老师，让我学到了更多的知识和技巧。

因为家庭和孩子，我有很长一段时间没有参加过考试了，也逐渐忘记了"考试"的感觉，于是越临近考试就越紧张，更何况已经不是可以无忧无虑一心只读圣贤书的阶段了，家庭、孩子、工作的羁绊，无法让我投入大量的时间和精力准备考试，只能间断性地看书、背法条，还得不断和自己内心的"懒虫"做斗争。但是在不断的读背过程中，我痛苦并快乐着，因为总会有一些"核心知识点"带给我启发，让我解决了所遇到的一些困惑，或者给了我一些思路。为了最后的冲刺，我在考试的前一天到达了考场附近，全身心地准备考试。还记得当时和室友一起你问我答，一直复习到凌晨。

取得证书后的感受

当那承载着无数心血与汗水的证书被我紧紧握在手中的那一刻，内心激动得难以自抑。那是一种混合着欣慰、自豪与感慨的复杂情绪，在我的胸膛中肆意蔓延。我甚至责问自己，为何当初在上学的时候没有全力以赴地好好学习。曾经，学习在我的眼中是枯燥无味的。但现在，我会像个孩子般开心地向自己的孩子"炫耀"这来之不易的成果。也正是从这一次考试开始，仿佛有一团燃烧的火焰在我的心底被重新点燃。我暗暗下定决心，要让每一年都成为自我提升的契机，争取每年都能考取一两本证书，让知识成为我在职业生涯中披荆斩棘的利器。

从事人力资源工作多年，在日复一日的忙碌中，我积累了一定的实操经验。这些经验就像一把把得心应手的工具，帮助我解决了工作中遇到的许多问题。然而，随着工作的深入，我越发深刻地意识到理论与实践相结合的重要性。在实际工作中，如果没有理论的明灯照亮前行的方向，如果没有扎实稳固的基础知识作为根基，想要把工作做得出色，想要从容应对那些日益复杂艰难的问题，简直难如登天。

所以，我想发自肺腑地呼吁同行们，在这个竞争日益激烈、知识快速更新的时代，想要提升我们自己的专业技能，就必须加强学习。学习就像在逆流中划船，一旦停止前进，就会被湍急的水流冲回原点。我们不能满足于已有的经验，而要不断追求新的知识，用理论充实自己，用实践检验自己，这样才能在人力资源的广阔领域中立足，为自己的职业生涯铸就更加辉煌的成就。

13. 冯振杰：HR 的考证之路

个人基本情况

工作单位：兄弟科技股份有限公司

职　　务：人力资源经理

工作地点：浙江省嘉兴市

证书情况：2023 年企业人力资源管理师一级

2024 年职业指导师一级

以知识为舵，驶向远方的彼岸

自 2011 年踏出大学校门的那刻起，我便正式步入了人力资源的广阔天地。虽然我并非人力资源专业出身，但立志将学习人力资源的相关知识融入职业生涯，并始终坚守初心。2014 年，我取得了首个职业技能证书——劳动保障协理员三级证书，这次的考证经历让我充满信心，正式踏上了考取 HR 证书的打怪升级之路。2015 年，我成功考取了企业培训师二级证书，这一次的经历让我记忆犹新，因为我在此过程中结识了黄会老师，她的"TTT 培训"课程如一盏明灯，照亮了我前行的道路。2024 年，我有幸在浙江财经大学的校园里再次聆听到了黄老师关于"TTT 培训"课程的智慧之声，熟悉与温馨的感觉油然而生。这段经历也让浙江财经大学成为我职业生涯中一道美丽的风景线。

考取 HR 证书的打怪升级之路并非一帆风顺。有时，我会遇到难以逾越的障碍，如同赛道上的陡坡或突如其来的风雨，让人心生畏惧，甚至想要放弃。比如，我在考取企业人力资源管理人员二级证书的历程中，虽然付出了巨大的努力，但由于技能短板令我在考试中遭遇了挫折——未通过考试。我失落过、犹豫过，但并未因此气馁，反而将这份挫败化作前进的动力。我开始翻阅那本厚重的专业书籍，页页精读，直至书都被翻烂了。最终，补考时以 90 分的成绩完美逆袭。在一次次的心灵洗礼和成长蜕变中，我依然坚持在打怪升级的路上。我站在新的起点上，迎接了由浙江财经大学于 2024 年 11 月举办的劳动关系协调师一级认定考试的挑战。我将坚持不懈地努力，为自己加油鼓劲。

学以致用，行以致远

每一次考证通过，我都激动不已。但每一次的考证经历，都犹如一场漫长而充满挑战的马拉松，既考验着体力与耐力，也磨砺着意志与毅力。一路走来，我学会了坚持不屈，学会了在逆境中寻找出路，学会了在艰难时刻灵活调整策略，拥有了继续向前的勇气与毅力，因为我始终坚信"活到老学到老"。在人力资源这个领域中，我深刻感受到其无尽的挑战与魅力。同时，我也从中收获了前所未有的成就感与自豪感。

考证不仅是对某一阶段学习的检验，更是对自我成长的见证。希望我的经历能像一盏明灯为他人指引方向，激励更多人认识到学习的重要性。在这个日新月异的时代里，让我们秉持着不断学习的态度，去充实自己、提升自己。只有不断学习才能跟上时代的步伐，进而实现个人成长和职业生涯的共同发展。未来，我将不忘初心，继续与志同道合的伙伴一起在考证的路上不断前行。

14. 叶日林：以考促学，扬帆远航

工作单位：杭州市余杭区东华专修学校

职　　务：副校长

工作地点：浙江省杭州市

证书情况：2023 年企业人力资源管理师一级

成长之旅

一、考证之旅

我从事教育工作多年，但一直未专业学习人力资源知识和从事人力资源岗位的工作。随着竞争日益激烈，在 2019 年我深感自己的人力资源知识体系还不够系统和全面，也意识到提升自己在职场上的竞争力至关重要。于是，我通过考证来提升自我，用以考促学的方式取得了企业人力资源管理师二级证书，并在 2023 年再次通过以考促学的方式取得了企业人力资源管理师一级证书。

二、备考点滴

在备考过程中，我采用了知识点对比法，一是把人力资源二级教材知识点和一级教材知识点进行对比；二是把人力资源一级教材新旧版本的知识点进行对比。采用这种学习方法既学习了新知识又温习了老知识，一举多得。同时我向取得一级证书的前辈们虚心请教，他们毫无保留地将自己的备考经验分享给我，告诉我如何制订合理的学习计划，如何抓住重点知识进行复习，还把他们整理的学习资料送给我，这些资料对我的备考起了非常关键的作用。

三、浙江财经大学缘分

之所以参加浙江财经大学的职业技能等级认定，是因为浙江财经大学在财经和相关专业领域有着卓越的声誉，且在职业技能等级认定方面有着严谨的流程和专业的团队，因此我毫不犹豫地报考了浙江财经大学企业人力资源管理师一级考试。进入考场前，看到很多和我一样怀揣梦想的考生，认真地做着最后的复习。考场的环境非常安静、整洁，监考老师也很严格。考试过程中，我按照自己平时的练习节奏，认真作答每一道题。虽然有些题目比较有挑战性，但我还是发挥出了自己的最佳水平，顺利取得企业人力资源管理师一级证书。

扬帆远航

一、内心喜悦与自豪

取得证书后，我内心充满了喜悦和自豪。这不仅仅是一本证书，更是对我努力备考的肯定。它代表着我在人力资源领域的专业能力得到了认可，它让我在这个行业中有了更坚实的立足之本，也更有信心去应对未来的各种挑战。

二、对工作和学习的积极影响

本次报考、备考和拿证过程，对我后续的工作和学习发展有着极大的帮助。在工作方面，我在处理人力资源相关事务时更加得心应手。例如，在招聘、培训和绩效管理等方面，能够运用所学的知识和技能，制订出更加科学合理的方案。人力资源知识和经验对于管理岗非常有帮助，作为管理岗除了要熟悉基本业务外，同时也要熟悉人力资源知识。在学习方面，我养成了良好的学习习惯，学会了如何高效地获取知识和信息。这次考试也激发了我继续学习的热情，我打算在未来进一步深造，提升自己的专业水平。

三、给 HR 从业人员的建议

对于 HR 从业人员的发展提升，有以下三点建议：一是要不断学习，人力资源领域的知识和政策在不断更新，只有持续学习才能跟上行业的发展。就像我备考时一样，要善于利用各种学习资源，如参加培训课程、阅读专业书籍和文章等。二是要注重实践经验的积累。理论知识固然重要，但能应用于实际工作中才能真正提升自己的能力。可以多参与一些项目，从实践中总结经验教训。三是要积极参加职业技能等级认定的相关考试，这不仅是对自己能力的一种检验，也是提升自己竞争力的有效途径。

15. 纪立平：超越自我的幸福旅程

工作单位： 杭州十域科技有限公司

职　　务： 人力资源经理

工作地点： 浙江省杭州市

证书情况： 2024 年企业人力资源管理师一级

2024 年劳动关系协调师一级

超越自我的旅程

如果人生是一段旅程，那么这段旅程的意义并非仅仅是抵达某一个地方，而是在这段旅程中你所经历的不断创造新自我的过程。无论这个过程中，经历了多少艰辛与痛苦，再回首，已是过眼云烟，心头涌现的只有"轻舟已过万重山"的释然。

一直以来，我并不觉得我是一个很努力的人，但却是一个很果决的人，遇到任何机会都不会放过。虽然每一个证书都不是一次通过，都要经历补考的压力和煎熬的过程，但也正是因为有这样的过程，我的人生才更加饱满；也正因为有这样的过程，才让每一分收获，都显得那么来之不易，让我更加坚定和执着地走下去。

— 35 —

享受过程的幸福

结果固然重要，但是奋斗的过程才更值得享受和回味，天空没有留下痕迹，但我已飞过。一次小小的进步不算什么，重要的是坚持，持续的成长和精进。人生就是一个不断奋斗和前进的过程，不要太过执着于结果，但行好事，莫问前程。

回想起备考的过程，印象最深的可能就是劳动关系协调师一级的考试。因为当时公司很支持我们考证，给了我们很多帮助和鼓励，我觉得不能辜负公司的栽培，身上肩负着一份使命，一份责任，因此心理压力也是不小。第一次考试只过了综合评审。理论和技能的备考也比较紧张，教材看了一遍，然后疯狂地刷题。最痛苦的是要背诵很多法条，可能是因为精神紧张，有一个多星期眼皮总是跳，很焦虑，去医院检查，医生说是眼睑痉挛，让我多冥想。于是我就去了几次朋友的茶院，喝茶、冥想，效果还不错。经过一段时间的煎熬，终于考试了。第一门理论考试，由于早上起得太早，没来得及吃东西，有点低血糖，再加上有点紧张，考试的时候差点晕倒。好在刷题足够多，紧张的情绪还是稳住了，坚持考完了第一门，赶紧补充了点能量，开始技能的考试。还好背过的法条也基本用得上，终于顺利地通过了考试，如释重负。

虽然备考的过程很紧张，但也正是这样一次次紧张的过程，让我在遇到每一次挑战时，能够更加坚定和从容地应对。2024年对我来说意义非凡，我收获了人力资源行业内非常重要的两本证书，都是我在十域科技任职期间所取得的，因此我对十域科技有着非常深厚的感激之情。如果问我取得证书之后的感受是什么，我想就是满满的幸福感。这种幸福感并不是证书本身带来的，而是来自我的朋友、同事还有领导对我的鼓励和支持。正是因为这份鼓励和支持，还有我心中的热爱，才让我走得更远。我记得有人曾经对我说过："有的人能走得远，有的人能走得快，你要走得远。"

通往觉醒的浪潮

超越自我的过程是非常痛苦的，所有的成长过程都不会让人舒服，因此需要强大的精神力量作为支撑，我认为我的力量来自于我对人力资源行业的热爱。

　　其实考证给我带来的影响是极其深远的，它让我走在通往觉醒的浪潮中。如果最开始你是凭借自身的驱动力前行，那么在这奔腾的浪潮中，你会发现身边所有人都极其优秀。在前进的过程中，正是他们推动着你不断前进。然而这种前进并非被动，而是主动且令人无比振奋和激动的。

　　生活的意义就在于创造，你永远处在纯粹创造的时刻中。我想对 HR 的伙伴们说，赶快加入觉醒的浪潮中吧，什么时候开始都不算晚，每个人都有自己的节奏，即使走了一点弯路，那也是为了让我们看到沿途更美的风景。或早，或晚，我们终将抵达心中那个所谓的终点，终有一天你会明白，终点即是起点，我们将再次启程。在觉醒的浪潮中，不断前进，不断超越自我，创造自我，这就是人生的意义。

16. 刘宏：永不停歇的自我超越者

个人基本情况

工作单位： 宁波某智能技术有限公司
职　　务： 监事兼人力资源及行政总监
工作地点： 浙江省宁波市
证书情况： 2023 年劳动关系协调师一级
　　　　　　　2024 年企业人力资源管理师一级
　　　　　　　2024 年职业指导师一级

证途闪耀，璀璨前行

在岁月的长河中，我走过了一段独特的考证之路。

2006 年，我踏入了人力资源这一行业，开始了我的职业生涯；2009 年我踏上了考取国际高级人力资源管理师证书的征程，当我手握那本证书时，心中的成就感油然而生；2010 年，我又顺利考取了心理咨询师证书。时光荏苒，转眼到了 2015 年。当时，我得知人力资源管理师成为紧缺工种，取证后每月还可获得紧缺工种补贴。这让我再次燃起了考证的热情。虽然最终的结果并不尽如我所愿——人力资源管理师不再是紧缺工种，但那段备考的日子，却让我收获了宝贵的知识和经验。

2023 年，我迎来了新的职业发展机会。一家培训机构的销售经理诚挚地邀请我做他们的兼职讲师。然而，他们对讲师有一个特定的要求：须持有人力资源管理师或劳动关系协调师的一级证书。遗憾的是，我当时并未拥有相关一级证书。但我不想错过这个机会，于是毅然决定再次投入备考之中。

超越平凡，疲惫与欣喜交织

在每一次备考过程中，我的目标并不仅仅是通过考试那么简单，而是每次都给自己设立一个目标：必须高分通过且扎实掌握相关知识。因此，在备考的过程中，我需要投入更多的时间和精力。

记得在备考企业人力资源管理师二级证书的时候，由于白天的工作比较繁忙，我只能利用晚上的时间进行复习。虽然疲惫，但每当想起自己的目标，我都会咬紧牙关，坚持下去。后来考试成绩出来，我感觉很欣慰，也让我再次坚信，付出和回报总归是成正比的。

波折中成长，坚持后绽放

自 2013 年加入一家世界百强外企，再到 2018 年踏入现在的公司，我深知企业更看重的是实际工作能力，而非一纸证书。然而，直到去年，想要成为兼职讲师的我，为了符合讲师的要求，必须考取人力资源管理师或劳动关系协调师的一级证书。因此，虽然已进入职场多年，我却又重新开始考取证书。

所有考证经历中，令我最难忘的是劳动关系协调师一级证书考试。从报名到考试，我参加了相关课程的学习。黄老师和奕老师的授课，让我有很多感触。黄老师能将枯燥的基础知识讲得生动幽默，让我对劳动关系协调师有了更深刻的理解；而奕老师的课程讲解，则让我感受到了相关知识的实际应用价值。她们不仅是我学习的导师，更是我未来讲师之路的引路人。

直到考前一周，才确定考试将以浙江版教材为准。我调整了自己的作息，全力备考。终于，迎来了考试。这是我首次尝试机考，理论考试部分，时间似乎格外充裕，然而，技能考试部分，一道简答题却让我措手不及，当三道简述题答完时，我才惊觉时间仅剩 50 分钟，而后面还有四道案例分析题等待着我。幸运的是，我完成了所有的题目。我吸取了上午考试时间没掌握好的教训，下午整个考试过程相对顺利。最后，我通过了考试，而且成绩还不错。

　　这段考证经历虽艰难，但也让我更加珍惜每一次的挑战和成长。回望过去，每一个坚持的时刻都仿佛被定格成了一幅动人的画面。此后，无论遇到多大的困难，我都坚信，只要肯努力，就能打破困境，迎来新的曙光，即使过程再曲折，也不要轻言放弃。我相信，在未来的日子里，我们都会变得更加坚强和勇敢。

17. 刘军华：廿年考证，荆棘繁花

工作单位：浙江光线能源有限公司

职　　务：劳务项目副总

工作地点：浙江省杭州市

证书情况：2013 年企业人力资源管理师一级

2020 年劳动关系协调师一级

踏破荆棘，必有繁花

2002 年 7 月，我毕业于浙江工商大学杭州商学院的非人力资源专业，由于非人力资源管理专业毕业，对规范性人力资源管理专业知识相对缺乏，特别是在劳动法方面，为了弥补这一不足，我于 2005 年自费参加了人力资源管理师考试，并一次性通过。

随着 2008 年《中华人民共和国劳动合同法》的出台和实施，劳动者维权意识和企业人力风险意识逐步提高，对人力资源管理从业者的要求随之提升，在这样的背景下，我积极响应余杭区人力资源和社会保障局的政策引导，参加其组织的二级人力资源管理师培训，并一次性通过。

二级考证让我第一次系统地了解到了人力资源六大模块的具体内容和内在联

系。对于当时的我来说，突然发现自己可以站在比较专业的角度，来回顾自己所做的人力资源事务性工作的点点滴滴，将自己的工作进行了简单的盘点与梳理，并嵌入到相应的模块当中。

在这个过程中，我发现自己之前的工作原来只是人力资源整个体系中非常小的一部分，发现自己和真正人力资源从业者之间还存在非常大的差距，再次证明了人力资源学习和考证之路是非常正确的，更是非常必要的。

2012 年，我决定在人力资源管理某一细分领域深入钻研，开始琢磨人力资源与人力资本之间的关联。恰好，余杭区人力资源和社会保障局为本区企业组织了免费的一级人力资源管理师培训，并请来了人力资源大咖王奇珍作为讲师，为我们授课解惑，经过无数个日夜的琢磨和不懈的努力，我侥幸通过了国家一级人力资源管理师考试。

2019 年，我再次开启了考证新征程，报名了一级劳动关系协调员的考试，第一次考试非常可惜，理论知识以一分之差未能通过考试，好在皇天不负有心人，经过不懈的努力，2020 年 11 月补考通过，取得了一级劳动关系协调员证书，并享受了三年的补贴政策，这也是我人力资源考试的谢幕之年。

学习不止，未来可期

回顾自己三级、二级、一级的考证之路，虽然没有直接给我带来升职加薪，但是间接地帮自己进行了理论知识的积累，拓展了自己处理问题的思路，培养了我在工作中不断思考、总结和复盘的能力。这些能力为我今后走向人力资源管理岗打下了坚实的基础。越不断学习，越能意识到人力资源管理领域博大精深。理论知识如同浩瀚的海洋、灿烂的星空，而实操经验则是照亮海洋和星空的日月星辰，每一种经验都有其独特的价值和意义。我深感自己在这个领域内还有许多需要学习和提高的地方，因此始终保持着谦虚和敬畏之心。

习近平总书记在二十届中央政治局第五次集体学习时强调："要建设全民终身学习的学习型社会、学习型大国，促进人人皆学、处处能学、时时可学，不断提高国民受教育程度，全面提升人力资源开发水平，促进人的全面发展"，持续学习，终身学习，这既是我们这一代人的责任，也是历史赋予我们的神圣使命。

因此，我渴望在浙江财经大学人力资源俱乐部的平台上，结识更多志同道合的朋友，共同学习，共同进步。我相信，在这里，我将学到更多的知识和技能，不断提升自己的专业素养和综合能力，我希望能够活出一个更加精彩的、更加充实的自己，为自己的职业生涯、家庭和社会贡献更多的力量。

18. 刘平：跟着心走，取悦自己

个人基本情况

工作单位：杭州市临安锦北街道
职　　务：职员
工作地点：浙江省杭州市
证书情况：2018 年企业人力资源管理师一级

考证自我检测

一、"后飞"的笨鸟

出身农村的我，读初中时赶上了中专包分配工作的最后一班车。然而，由于成绩不理想，我被包分配的师范淘汰了。虽然不爱读书，但我还是选择了继续读书。于是我走进了一所普通的高中，天资一般又不够努力，高考因为英语极差，我只能读一所普通的大专院校。面对毕业即失业的现实，我选择了南下"打工"，走进了发达的浙江、上海，外面的世界让我知道了天外有天，山外有山。我幡然醒悟：想在城市站稳脚跟，没有知识真不行。于是我利用工作之余重新拿起了书本，努力提升自己，先后考取了本科学历和会计证书，为我的"打工"生涯夯实了基础。

二、"被迫"的转型

2012 年，因企业发展需要，老板要求我放弃 10 年的企业管理岗转到人力资源赛道。上一任 HR 突然离职，交接共计两个小时，涉及近 1000 名职工的材料，无形的压力让我透不过气。怎么办？我在心里悄悄问自己，这个任务接还是不接？不接老板会不会不高兴？接了我又该怎么办？经过一系列思想斗争后，想着老板安排我来接这个岗位是对我的信任，于是决定咬牙接了下来。我必须努力把自己从外行变成专家，翻篇归零再出发。理论不够，那就买书自学；实践不够，那就请教师傅。倔强的性格，让我很快把稳了工作方向，稳步推进人事的各项工作，并开发了公司人事管理电子档案，大大提高了工作效率。

三、执着的追求

既然选择了这条路，就要努力做到最好。于是，我开始了 HR 的考证之路。2012 年的临安对我这个容易晕车且方向感不佳的人来说并不友好。在临安市范围内，我几乎找不到合适的考证机会。终于在 2014 年，临安的一家技校开设了企业人力资源管理师二级的培训班。我在第一时间便报了名，就是这个机会让我有幸结识了一群志同道合的朋友，我们共同学习、互相鼓励。从二级到一级，一起追光，并一起发光。

蓦然回首，回忆满满

一、艰辛的旅程

开始容易，但真正坚持下来，其中的艰辛与困难真的难以描述。2014 年我们相约考证的有 20 多人，到考试结束，顺利拿到一级证书的不足 5 人。我是一位 HR、一位妻子、一个女儿，更是一个妈妈。普通的"打工人"不能给予孩子"高端"的教育，但我愿意拿出自己的实际行动，用自己的言行给孩子做一个榜样。已经记不清背诵了多少知识点、刷了多少遍真题。考试如期而至，我的努力没有白费，2018 年我成功考取了企业人力资源管理师一级和劳动关系协调师二级。

二、难忘的归途

至今，我仍清晰地记得在杭州参加人力资源管理师一级考试后的那个深秋。交完试卷，夜幕降临，天空飘着细雨，连续两天的考试让我疲惫不堪，我的手臂酸痛得几乎抬不起来。

站在校门口，心中不禁犯起了嘀咕：回家的路该怎么走？尽管询问了至少十位路人，却仍然无法得知车站的确切位置，路痴的世界谁懂啊……看着手里的导航，却根本看不懂路线指示。没办法只能跟着人流走，还好我比较幸运，把598路公交车送到了我的视线之内。当我几乎全身湿透地踏进家门时，孩子已经踩着八点半入睡的生物钟进入了梦乡。

三、坚守的初心

经常有人问我，2018 年的我已经成功转型到非企业单位，非常稳定，为何还要费心去考取这个证书？其实，我的答案很简单：喜欢一件事，往往不需要理由，能够取悦自己便足够了。我跟随内心的指引，参加了浙江财经大学的 TTT（内部培训师培训）公益培训班以及金牌面试官培训班，向着心中那束明亮的光追去，去发光，去悦己……

19. 刘瑞萍：从零开始，逐梦

个人基本情况

工作单位： 中控技术股份有限公司
职　　务： 人力资源服务经理
工作地点： 浙江省杭州市
证书情况： 2023 年企业人力资源管理师一级

万事开头难，从零开始确实需要巨大的勇气。人力资源是我在毕业五年后精心选择的职业方向。面对非科班出身和不被接纳的担忧，我庆幸自己有人力资源管理证书的报考机制作为指引。逐级考证，如同一盏明灯，指引我不断提升专业能力。

开始并不可怕，可怕的是不敢开始

2014 年，因换城市所以考虑换工作，但发现不同城市的产业结构完全不同，进入什么行业、从事什么岗位成了我新工作开始之前必须回答的问题。成为新的人力资源工作者，和其他候选人相比，你的竞争优势在哪里？公司会给机会等待你的成长吗？如果给了机会又没办法胜任新工作怎么办？这些令人惴惴不安，但徘徊不定只会让时间白白流逝——做！其他再说！

在面试了多家公司之后，我选择加入了一家小型企业，正式开启了我的人力资源职业生涯。幸运的是，2014年所参与的人力资源管理师三级培训为我的首份工作奠定了坚实的基础。学习能快速提升专业底蕴，证明你心里有；实践能快速提升专业能力，证明你能做！

失败并不可怕：一鼓作气势如虎，二三鼓也要如此

人，不会一直一帆风顺，动力不足会消极、遭遇坎坷会受挫。2018年考完人力资源管理师二级后，信誓旦旦要考中级经济师的我，总是临考试才去复习，时间分配上有所欠缺，连考两年不过，深陷非专业出身的无力感和挫败感之中——真有这么难吗？

一年之后，重整旗鼓，根据培训机构的建议制定了详细的学习任务，双管齐下，同时备考中级经济师和企业人力资源管理师一级。我希望通过巩固经济学基础和强化人力资源专业知识，实现融会贯通、事半功倍。但由于经济学基础薄弱，最终还是以几分之差未能通过——难道要止步于此吗？不！

一鼓作气势如虎，二三鼓也要势如虎。放平心态，平衡好工作、生活和学习，将目标逐个突破。从只读书到不局限于书本上的基础知识，观察生活中的现象，运用专业知识来解读各种事件，包括解读人力资源案例，不作为局外人或旁观者，而是做到换位思考：如果是你，会有什么更好的工具、方法和措施？从学到思再到悟，多次考试不仅是对知识的巩固，更是将理解深化到应用的过程。终于，我在2022年通过了中级经济师的考试，并于2023年通过了一级企业人力资源管理师的考试。

永远乐于从零开始，终身学习，不断成长

一旦把备考当成了日常，就养成了持续学习的习惯。在不备考的日子里，我把每次学习的机会都当作新的开始。在参加浙江财经大学HR经理人俱乐部，探讨人力资源领域的前沿问题的过程中，我与一群志同道合的人一起，在浓烈的学习氛围中共同进步。《终身学习》一书强调：在这个快速变化的世界里，唯一不变的就是变化本身，终身学习是我们适应未来的最佳途径！

20. 刘晓春：持之以恒

个人基本情况

工作单位： 金华市蓝海光电技术有限公司
职　　务： 人事行政主管
工作地点： 浙江省金华市
证书情况： 2023 年企业人力资源管理师一级

富贵必从勤苦得，男儿须读五车书

"书到用时方恨少，白首方悔读书迟"，那为何不把握当下呢？

虽然一直从事与人事行政相关的工作，但毕竟自己不是专业出身，所以对于专业内容略懂，但不精通，工作中时感乏力，却又不知道从何学起。2019 年，偶然和同事聊起学习考证的问题，两个人不谋而合地决定立即报考劳动关系协调师。报名后，我们立刻报名参加了培训班。当时，培训时间全部安排在周末，每次我们都早早地把工作和家务安排好，期待周末的培训。培训当天，发现参加培训的同学还挺多，阶梯教室几乎坐满了，而且还有几个女同学是带着小孩来听课的。我当时就想，一定要珍惜这次机会，老师讲的每个案例我都认真听，并进行记录和拍照，空余时间再拿出来和同事一起进行归纳和复盘。天遂人愿，当年我们都取得了二级证书。这一次的顺利取证，也为我们报考一级人力资源管理师增添了信心。

时隔四年，在符合报考一级年限的那天，我和同事又不约而同地报了名。依旧是一边上班一边刷题。随着年龄的增长，记忆力越来越不如从前，而学习也是断断续续。那年我妈妈身体不好，需要照顾。平时我们忙于工作，照顾妈妈的任务落到了爸爸头上，所以只要一休息，我就接过爸爸的接力棒，帮他分担一下，让他有一个缓冲的时间。加上下半年，公司事务繁杂，还要组织300多人的年会活动。就这样，错过了培训课程，全靠自学刷题。其间我也曾想过放弃，是老师和同事一直鼓励我，并督促我复习，让我坚持了下来。临近考试，我利用每天的通勤时间过一道简答题，到公司后核对答案。每天早上，我会提前半小时到公司，刷一刷选择题；晚上躺在床上，会用半个小时整理简答题会用到的关键词。考试前一天晚上，临时抱佛脚到凌晨，所谓"临阵磨枪，不光也亮"。

我记得考试当天，天气很冷，大家都早早到了学校，排队进考场的场面非常壮观。后来才知道，当天考试人数达上千人。考前考场外争分夺秒复习的同学也不在少数，考试开始后，里面只能听到敲击键盘的声音，紧张的氛围弥漫在空气中！

走出考场的时候，我就安慰自己，保一过二吧，反正还有一次补考机会。功夫不负有心人，最终竟然一次性全通过，顺利上岸了！心里暗暗地感谢努力坚持的自己，感谢一路上鼓励自己的老师和同事。

路漫漫其修远兮，吾将上下而求索

在人生的道路上，我们总会遇到这样那样的挑战。但是，无论我们面对怎样的挑战，都要有一颗强大的内心来支撑我们前行。前方的道路很漫长，我们要百折不挠，不遗余力地去追求和探索。

分享三点个人的考证心得：

（1）坚定信念：决定了报考，那就要有必胜的决心，不为自己开脱。要么不做，做了就要尽可能做好。

（2）营造良好的学习氛围：可以约身边的同事或朋友一起学习，相互扶持，相互督促，相互探讨，共同进步。

（3）定期复盘，总结问题，寻找方法：定期复盘学习内容，标注容易混淆的知识点，突破传统的死记硬背，创造自己独有的记忆方法。

　　学习之路是漫长的，而中年人的学习之路更加艰辛。但是只有持之以恒，我们才有可能走得更远，获得更大的成就，人生的道路也才会越走越宽。

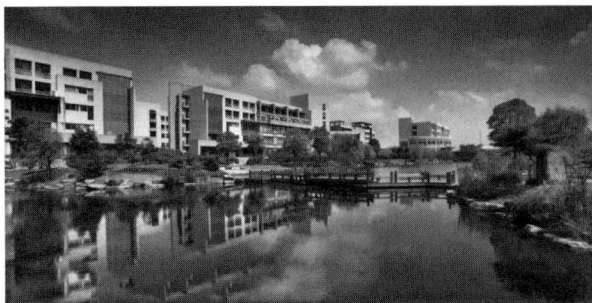

公司简介

宁波市汇成企业管理咨询有限公司创办于 2008 年，入选由工业和信息化部指导、中国企业联合会和中国中小企业协会共同组织编制的《全国企业管理咨询机构推荐名录（第一批）》，是工业和信息化部中小企业发展促进中心认定的中小企业志愿者服务工作站、浙江省第一批管理现代化对标提升机构、浙江省第一批中小企业专业化服务机构、浙江省经济和信息化厅认定的省级经营管理人才培训基地、浙江省管理咨询与培训协会副会长单位、宁波市经济和信息化局认定的宁波中小企业公共服务示范平台、余姚市人力资源发展协会创会单位。已累计深度咨询服务 500 多家企业，培训了 4 万多人次学员。

主要业务：

1. 企业自动化运营、年度经营规划；

2. 精益战略规划、精益生产（现场 6S 与目视化管理、降本增效）、精益数字化；

3. 供应链管理能力提升；

4. 专精特新、隐形冠军企业运营能力提升；

5. 人力资源咨询服务（薪酬管理、绩效管理、激励机制等）。

创始人：

任鑫苗，硕士研究生，高级经济师、管理咨询师、一级人力资源管理师，宁波市领军拔尖人才，浙江省管理咨询与培训协会副会长兼秘书长，宁波市管理创新导师，浙江工业大学、宁波大学硕士研究生导师。

汇成实景：

出版书籍：

联系电话：

0574-62639777

邮　箱：

1250752824@qq.com

21. 刘亚丽：追光的脚步，永不停息

工作单位：华电浙江龙游热电有限公司
职　　务：人力资源部人才开发负责人
工作地点：浙江省衢州市
证书情况：2024 年企业人力资源管理师一级

　　走过了义务教育，经历了高考，何曾想过在职场上还能有如此热情去读书学习考证。考证之路虽然辛苦，但依然选择这滚烫的人生，并满腔热血，愿我们追光的脚步永不停息。愿我们永远年轻，永远热泪盈眶。

是机缘，更是注定

　　从技术岗调到调试办，很快就碰壁了。从那时候起，我意识到真正的强大首先就是要用理论来武装自己，认清自己的目标并不断努力，实现人生的逆袭。我开始认真学习人力资源相关知识，2018 年上半年报名了企业人力资源管理师二级的考试。实际工作和理论概念还是有差距的，但在专业老师的带领下，我很快找准了节奏，复习效果事半功倍。"既然都学习了，为何不加把劲再考个经济

师？"小伙伴的发问引起了我的深思，2018年年末，我收获了企业人力资源管理师二级证书和经济师证书，谢谢那个始终全力奔跑、越挫越勇的自己。备考之路只有真正经历过的人才知道，那是一条布满了孤独、灰心和辛苦的路，但能够坚持下来，就是胜利！功到自然成，所有的努力都会在成绩上体现，生活不会眷顾任何一个妄想不劳而获的人，也不会亏待每一个勤恳努力的人。

最好的默契，是相互成就

随着时间的流逝，我一路成长、一路领悟。我一直有个梦想——把HR专业的证书考齐，同时随着HR岗位要求的提升，理论知识的储备也需要更新升级了。于是，我报名参加了浙江财经大学的职业技能等级认定考试。在"我能行吗"的迷茫过后，跟着课程一点一点地磨，走路听录音，车上做习题，抓紧每一分钟。由于公司结构简单，未曾处理过复杂案例，在面对公文筐时无从下手，向前辈请教后，他们的经验讲解顿时使我醍醐灌顶，公文筐的书写思路一下子就打开了。赶考那天，我和小伙伴早早来到考场，等候区已经围了很多人，原来是浙财大给考生们合影留念，真的是温馨时刻。查成绩那天，当手机屏幕跳出合格的查询结果时，虽然一切均在预料之中，但我仍无法抑制内心的狂喜。

值得一提的是，这一路走来，离不开家人的大力支持，最好的默契也是相互成就。近年来，先生也顺利获得了二级建造师和注册安全工程师证书，目前正在冲刺执业药师资格证书。家里还有小学生一枚，也是个小书虫，无时无刻不想看书，刷着牙齿的间隙也想着翻几页她喜欢的书籍。

理论联系实际，学以致用

有证书的加持，工作起来自然顺利很多，时常有处于职业早期的朋友诉说个人发展或者职业生涯的困惑，我特别感同身受。但我笃信，"学习"是一把钥匙，可以打开"困惑之锁"，一个人学到的任何知识都将在未来某个时刻发挥出意想不到的作用，不要轻易给自己设限，尽力去挖掘自己真正的才能和兴趣点，然后顺从本心，剩下的交给时间。工作之余，我撰写的创新课题，荣获浙江省电力行业协会二等奖，撰写了公司人才发展八项措施，时刻践行公司宗旨，始终将"坚持党管干部、党管人才；坚持德才兼备、以德为先"作为新时代干部工作的根本宗旨和行动指南，深入践行人才强企战略，加强人才队伍建设，为实现企业高质量发展提供充足的干部储备和组织保证。

结 语

感恩遇见。刚开始考证时，我仿佛身处沙漠，四周都是方向，却没有指引正确道路的线索。只能靠着一步步前进，一点点坚持，去寻觅象征希望的绿洲。从小我就知道水滴石穿这个成语故事，人人都赞扬水滴击穿石头的勇气，可当我置身处地后，才明白日复一日品味困难的苦涩，竟然是对个人意志的慢性折磨。可以说，我不仅仅战胜了一场场难度超群的考试，还与我的懒惰、我的安逸以及我的能力进行了极限搏斗。

22. 吕灵娜：追求卓越，打造全方位职场精英

个人基本情况

工作单位：宁波升谱光电股份有限公司
职　　务：高级出口经理
工作地点：浙江省宁波市
证书情况：2023 年企业人力资源管理师一级
　　　　　2024 年劳动关系协调师一级
　　　　　2024 年职业指导师一级

人力资源管理师一级考试备考总结

人力资源管理方面的专业知识我是从上大学的时候开始了解学习的，并对此产生了浓厚的兴趣。2018 年，在系统学习了相关课程后，我一次性通过了人力资源管理师二级考试。当时心里想着 5 年后决战人力资源管理师一级。在决定参加人力资源管理师一级考试那一刻起，我便踏上了一段充满挑战与成长的征程。回首这段历程，有艰辛的付出，也有满满的收获。

在备战人力资源管理师一级考试的过程中，首先，我广泛收集相关教材、辅导资料和历年真题，并挑选出内容全面且讲解详细的书籍作为主要的学习材料；其次，我制订了详细的备考计划，将学习内容分为不同模块，并合理安排每日的学习时间，以确保每个知识点都得到充分的掌握。在系统的学习中，我认真阅读

教材，标记重点和难点，并结合案例分析和练习题来加深理解。此外，我报名参加了专业培训课程，通过老师的讲解和与同学的互动解决了许多问题，增强了学习信心。

进入冲刺阶段，我专注于复习巩固之前学习的知识点，通过做历年真题和模拟试卷熟悉考试题型，针对错误和薄弱环节进行强化训练。同时，我重视心态调整，通过适当的运动和放松活动来缓解紧张情绪，积极的心态让我更加相信自己的能力，从而以饱满的精神状态迎接考试。

心得体会

人力资源管理师一级考试的难度较大，需要投入大量的时间和精力。在备考过程中，我养成了良好的学习习惯，每天都会抽出时间学习。这种坚持不仅让我顺利通过了考试，也让我在工作和生活中受益匪浅。

正确的学习方法可以提高学习效率，达到事半功倍的效果。人力资源管理师一级考试注重理论与实践的结合，要求我具备丰富的实践经验和解决实际问题的能力。此外，我也关注行业动态和最新政策法规，不断开阔自己的知识面和视野，这样，在答题时，能够更加贴近实际情况，提出更加合理的解决方案。

良好的心态是成功的关键。在备考过程中，我始终保持积极乐观的心态，相信自己的能力，即使遇到困难和挫折，我也不会气馁，而是积极寻找解决问题的方法；在考试过程中，我保持冷静，认真答题，不受外界因素的影响，我相信，只要保持良好的心态，就一定能够发挥出自己的最佳水平。

23. 任鑫博：热爱是所有理由和答案

个人基本情况

工作单位：杭州山富网络科技有限公司
　　　　　杭州章小鱼网络科技有限公司
职　　务：首席执行官
工作地点：浙江省杭州市
证书情况：2023 年企业人力资源管理师一级

不忘初心，方得始终

2006 年，懵懵懂懂的认知告诉我，21 世纪人才最贵，未来的管理主要就是人的管理，所以我报了当时还不算热门的人力资源管理专业，十几年孜孜不倦，一路从一个职场小白成长为一代人力老人。

其间没有想过换行或者转型是不可能的，但最终，我成了同期毕业的人里为数不多的还坚守在人力领域的人，从甲方 HR 到自己开人力公司，让我坚持下来的原因就是不忘初心这四个大字。

实践出真知，但理论是地基

深知基础和实践同等重要的我，从一毕业就开始了考证之路。因为本来就是浙江财经大学的学生兼忠实粉丝，所以从三级人力资源管理师开始，就一直在浙江财经大学的体系里面学习、升级考试。

从 2010 年拿到三级人力资源管理师的证书，到 2013 年拿到二级证书，时隔十年，在积累了实操经验后又杀回来重新考级，拿下 2023 年企业人力资源管理师一级证书，算是终于通关了。一级考试的同学们都惊叹，大家都过了成家立业的年纪，我是怎么还能有精力和热情坚持学习和考专业证书的。因为我认为人力资源是非常需要专业性和技巧性的，所以理论基础是地基，证书是检验地基是否扎实的手段，我必须拿下，所以也便有了十年终于大满贯的血泪荣誉史。

你只管努力，剩下的交给天意

其实考人力资源管理师一级的时候，还是有蛮多故事的。

（1）考霸中的学渣表示，考试是一门技术，也是一门战术。

因为自己开了公司，平常很忙，加上已经成家且有了小孩，可用的时间真的是碎片化的，怎样在碎片化的时间内去备考？这是需要提前做好规划的事情，如何制定有效的战术对于打好这场战役非常重要。

首先，进行难易程度分类。和很多人不一样，在我的归类里，简述和公文筐是简单款，理论基础（单选+多选）是难度升级款。为什么呢？因为易与变易程度的不一样，使得押题的集中分散程度也有所差异。

其次，采取各个重点分阶段突破术。第一期重点放在能快速默计和进行实践转化的简述题和公文筐上，毕竟做了这么多年 HR，几套题下来，加上自己的经验，基本上心中已经有了个框架。

最后，不断刷基础选择题。这个我做的最坏打算是先通过简述和公文筐，再把涉及面广的多选题放在补考通过，主打按次序各个击破，做完最坏的风险评估，后面就一点压力都没有了。

（2）准备工作不容小觑，低级错误不能再犯。

早上出发前检查提前一天准备好的准考证，发现莫名其妙地不见了，附近的打印店都还没有开门，然后赶紧赶回公司打印再一路赶去的考场。等来到浙江财经大学，又发现门口停满了车，最终到考场时已经迟到 5 分钟了。当时其实有想过要放弃，但是目标感一直很强的我告诉自己，都到这份上了，准备了这么久，还一路狂飙过来，为什么要放弃？电梯里遇到的一群老师，听了我的情况后，马上就帮我和监考人员沟通，监考的同学也特别配合，赶紧让我坐下来。总之，一系列操作下来，真的很顺利，心怀感恩！

你的时间花在哪儿，人生的花就开在哪儿

收到人力资源管理师一级证书，内心还是非常开心的。这不仅是一个资格证明，更是对自己一直坚持在这个行业上不断前行的印证和嘉许。

因为是自己创业，所以不需要通过它去升职加薪。但这个证书还是给了我更大的力量，我能够用更专业的视角、更系统化的思维为自己的公司和客户提供更好的人力资源方面的支持，我觉得这个是我长久以来在做的且未来一直要做下去的事情，这是一件有意义、有价值、有使命感的事情。

期待更多同学的加入，我们一起，一直在路上！

24. 任鑫苗：先做学生，再做先生

工作单位： 宁波市汇成企业管理咨询有限公司
职　　务： 总经理
工作地点： 浙江省宁波市
证书情况： 2020年企业人力资源管理师一级

个人成长速度要超过企业的发展速度

在这个快速变化的时代，职场竞争越发激烈。我意识到，作为一名人力资源从业者，我必须不断学习，更新知识，以跟上企业发展的步伐。因此，我决定参加一级人力资源管理师考试。人力资源管理不仅仅是招聘和培训，更关系到企业的战略规划与文化建设。我深知，只有不断提升自己的专业素养，才能在瞬息万变的市场中立于不败之地。

我已经荣获多个职称和荣誉，包括高级经济师、一级人力资源管理师以及宁波市领军拔尖人才。这些成就不仅仅是对我工作的肯定，更是我在专业领域不断努力的结果。我还担任浙江省管理咨询与培训协会副会长兼秘书长，并在浙江工业大学和宁波大学商学院担任兼职硕士研究生导师。这些角色让我有机会与许多优秀的人才进行交流与合作，进一步拓宽了我的视野。

作为宁波市首批营商环境观察员以及余姚市优化营商环境咨询委员会委员，我对企业的生存和发展有了更深刻的理解。我有幸入选工信部和中国企业联合会编制的全国管理创新专家库，成为国家中小企业志愿服务专家和浙江省管理现代化对标提升专家。通过这些经历，我不仅提升了自己的专业能力，也积累了丰富的实战经验。

追求光，成为光，散发光，做咨培路上的终身实践者

取得一级人力资源管理师证书的那一刻，我心中充满了自豪与责任。这份证书是我多年努力的结晶，更是迈向更高处的起点。它如同一束光，照亮了我在咨询培训道路上前行的方向。在这条追求光的旅程中，我更加坚定了自己的步伐，不断探索与进取。

证书的取得，不仅为我的咨询培训工作奠定了坚实的理论基础，也让我深刻思考如何更好地将知识传递出去，成为那束照亮他人的光。我开始更加注重教学方法的创新，努力将复杂的理论知识转化为通俗易懂的语言，让学员们能够轻松掌握。在授课过程中，我发现了理论与实践相结合的重要性，积极寻找案例与学员分享，激发他们的学习热情。

与此同时，我也参与了各种学术交流活动，与同行们分享经验，互相学习，共同为提升咨询培训行业的整体水平而努力。每次交流，我都能收获新的灵感，从而提升自己的专业素养。这些经历让我意识到，教育不仅是传授知识的过程，更是激发思维与创造力的过程。

在咨询培训行业深耕的过程中，我逐渐形成了自己的情怀。从业16年，已累计服务了500多家企业，培训学员达3万多人次。这个行业充满了挑战与机遇，它不仅能帮助他人解决问题、实现成长，也让我得以不断进步。我始终相信，通过我的专业知识和热情，能够为每一位学员提供最优质的服务。

为了更好地推动咨询培训行业的发展，我也开始着手出版专著。这些书籍包括《把公司做小，把用户做大》《管理者都是表格控》《向团队要结果就这么简单》《努力，让你看见更好的自己》《老板降本增效实战》。这些专著不仅是我对行业的一份贡献，更是我散发光芒的一种方式。我希望通过这些书籍，能够为更多的人提供有价值的参考，推动咨询培训行业不断向前发展。

总结

在这个行业中，追求光、成为光、散发光的旅程并不轻松，但我始终相信，只要努力就一定能实现目标。每一次的学习与成长，都是对自己的挑战与提升。在这个过程中，我不仅收获了知识与经验，也收获了与学员们共同进步的快乐。未来，我将继续在咨询培训的道路上不断前行，做一个终身实践者，将光洒向更多的人。

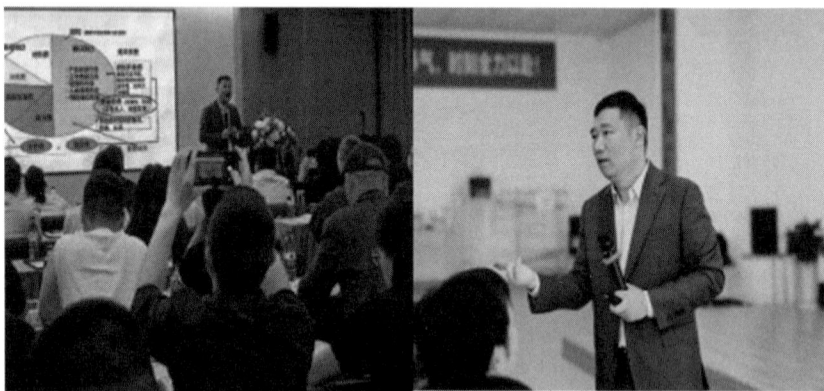

25. 任燕：遇见最美的自己

个人基本情况

工作单位： 杭州丘比食品有限公司

职　　务： 人事经理

工作地点： 浙江省杭州市

证书情况： 2010 年企业人力资源管理师一级

2017 年劳动关系协调师一级

2024 年职业指导师一级

"追光"之旅

在人生的长河中，每个人都是独一无二的"追光者"，追逐着属于自己的那份光芒与梦想！我也是一名努力的追光者，我的追光故事从一本小小的人力资源管理师证书开始。对我而言，那段艰辛而又充满希望的考证历程，便是我人生中最美的追光之旅。它不仅是一场知识的较量，更是一次心灵的洗礼，是一次自我发现与职业规划重塑的壮丽航程！

时光荏苒，我已在人力资源领域耕耘了 16 年。毕业后，我的第一份工作就是人事专员，那时，我的前辈告诫我：想要把人事工作做好，就必须掌握十八般武艺，而且要样样精通；想要成为人事专家就要学会七十二变，方能过得了八十一难。那个时候对前辈的话似懂非懂，但我知道我要努力学习人力资源管理方面的知识，让自己变专业，成为人力资源方面的专家！

于是我的考证故事开始了，从此我成了考证达人。这一张张证书都是自己人生追光路上的见证者，是打开职业成功之路的一把把钥匙。

追求卓越：在学习与分享中砥砺前行

我决定报考企业人力资源管理师二级的时候，有幸得到了浙江财经大学吴道友教授的指导。备考的日子是辛苦的，成年人学习是要下狠心的。我放弃了周末的休闲时光，拒绝了朋友的聚会邀请。有位一起备考的伙伴看我好几天没有在学习群里打卡，便来问什么情况，了解情况后就不断地给我打气，教我用思维导图的形式来记忆重点难点；我们还通过互相提问的方式来备考。最终，我成功拿证。在学习中我结识了许多考证的同行，收获了深厚的友谊！

我总结了这么多年考证的一些心得，希望对大家能有所帮助：

第一，制定目标：梦想的灯塔。我为自己设定了一个清晰而具体的职业目标，这个目标就像一盏明灯，照亮了我前行的道路，让我在每一个疲惫的夜晚都能找到坚持下去的理由。

第二，制订学习计划：脚踏实地地准备。有了目标，就需要有行动。我深知，考证之路绝非易事，必须制订科学合理的复习计划，并严格执行。我根据考试大纲，将庞大的知识体系分解成若干个小目标，每天雷打不动地复习，同时穿插模拟测试，检验学习效果。那段时间，我的生活仿佛只剩下了学习与休息，但内心却异常充实。

第三，发掘自己的潜能：挑战极限的喜悦。在备考过程中，我遇到了前所未有的挑战。有些知识点晦涩难懂，有些题目复杂多变，于是，我开始尝试不同的学习方法，如思维导图、错题集等，不断优化自己的学习策略。每当解出一道难题，或掌握了一个曾经困扰我的知识点时，成就感就油然而生，让我更加坚信自己的选择。

第四，掌握行业信息：开阔视野的窗口。我开始关注人力资源管理行业动态，积极参加各类线上线下研讨会和讲座，与业界专家交流学习。这些活动不仅让我及时掌握了行业前沿信息，也开阔了我的职业视野。我意识到，证书只是敲门砖，真正能让自己在职场中立于不败之地的，是持续学习的能力和对行业的深刻理解。

第五，增强自己的竞争力：蜕变的见证。经过无数个日夜的努力，我的专业技能得到了显著提升，对行业的理解也更加深入。更重要的是，这段经历让我学会了如何在压力下保持冷静，如何在失败中寻找机遇。这些品质，无疑增强了我的职业竞争力，让我在未来的职场竞争中占据优势。

第六，持续自我评估和调整：成长的永恒旋律。我深知，成长之路永无止境。我设定了新的职业目标，制订了更加完善的个人发展计划，并为之不懈努力。

回望这段考证之旅，我感慨万千。它让我从迷茫中觉醒；从挑战中发现自我；从失败中汲取力量，最终实现了职业规划的华丽转身。更重要的是，它让我结识了一群志同道合的朋友和优秀的导师。

我相信，在未来的日子里，无论遇到多大的困难与挑战，我都会带着这份宝贵的经历，继续前行，在"追光"的路上绽放属于自己的光彩！

26. 邬晓东：学无止境

个人基本情况

工作单位： 杭州市钱塘区文晖职业技能培训学校

杭州文晖教育科技有限公司

职　　务： 校长

工作地点： 浙江省杭州市

证书情况： 2020 年企业人力资源管理师一级

2023 年劳动关系协调师一级

2023 年职业培训师一级

2024 年职业指导师一级

人力资源与浙江财经大学

一、职业发展与考证历程

遥想 13 年前，我刚踏入社会不久，在 2011 年报名了三级企业人力资源管理师的考试。在工作中，我深刻地认识到，只有具备专业的知识和技能，才能更好地完成人力资源管理的各项任务。而考取这本证书，既可以提升自己的竞争力，也为自己在职业发展道路上提供了更多的机会。

通过考取证书，可以更好地为企业服务，且与薪资待遇也挂钩，所以也算是鼓励我们从业人员进行自我提升。于是，我先后于 2016 年、2020 年考取了企业人力资源管理师二级证书和一级证书。

二、职业技能等级制度改革

2021 年，浙江省人社厅发布了浙江财经大学具备企业人力资源管理师、劳动关系协调师的职业技能认定资格的消息，我立即与浙江财经大学职业技能等级认定中心的吴教授联系，咨询相关情况，有一所这么专业的社会评价单位，我充满了信心。

三、职业技能等级认定考试

浙江财经大学作为企业人力资源管理师、劳动关系协调师、职业指导师等职业技能等级考试的考点，其规范的考试流程和贴心的服务给我留下了深刻的印象。

考试当天，从考场的布置到考试流程的安排，每一个环节都体现出了高度的规范性。入场人脸识别系统，考场整体环境安静，机考座位安排合理，为考生们营造了良好的考试氛围。考试组织有序，监考老师认真负责，严格按照考试规定进行监考，确保了考试的公平公正。

而浙江财经大学提供的服务更是让人感动。在考场外，有清晰的指示牌引导考生找到考场位置，提供专门的爱心座椅。学校还设置了休息区，为考生提供了舒适的候考环境。工作人员热情周到，耐心地解答考生的各种问题，让考生们在紧张的考试氛围中感受到了温暖和关怀。这种规范的考试情况和贴心的服务，不仅体现了浙江财经大学对职业技能等级考试的高度重视，也让考生们有了良好的考试体验。

取得证书后的感受

当我拿到浙江财经大学职业指导师一级职业技能等级证书时，内心的激动难以言表。这份证书承载着我的努力与汗水，是我专业能力的有力证明，让我对自己充满信心。我深知这份证书不仅是荣誉，更是责任。它更激励着我以更高的标准去指导他人的职业发展，为更多人点亮前行的道路。我也将以此为新的起点，不断提升自我，为职业指导领域贡献自己的力量。

拿证后，我对自己的要求也更高了。人社部发文提出终身职业技能教育理念，这跟我一直以来贯彻的学无止境的思想完全一致。我会不断学习新知识，提升自己的专业素养，以适应不断变化的职场需求。

对于我们广大 HR 从业人员来说，一级职业指导师证书能带来很大的提升。个人有一些建议以供参考：

首先，要注重实践经验积累。多与不同类型的求职者和企业接触，建立良好的人际关系网络，与其他的企业 HR 交流经验、分享资源，共同成长进步。

其次，提高沟通能力。无论是与求职者还是与企业的管理层沟通，都要做到清晰、准确、有说服力。

最后，要有创新思维，持续学习是关键。职业指导领域不断发展变化，要紧跟行业动态，参加培训和研讨会，拓宽知识面。在职业指导方法和工具上不断探索创新，为 HR 工作注入新的活力，以更好地帮助他人实现职业发展目标，提升自身的专业价值。

27. 朱葆俐：求学路漫漫，前路亦灿灿

个人基本情况

工作单位：某民营企业
职　　务：综管部总监
工作地点：浙江省杭州市
证书情况：2023 年企业人力资源管理师一级

　　自离开学校进入职场，我就一直在考证和学习的道路上不断奔跑，既有学历方面的提升，也有职业资格和技能等级方面的进阶。前些年随着《杜拉拉升职记》的热播，我也被家人笑称为"杜拉拉修成记"。

开始人资考证之旅——取得国家人力资源二级证书

　　第一次报考国家人力资源管理师二级是在 2012 年，那时我利用每周末在浙江大学西溪校区上课，无论刮风下雨还是晴空万里，我都沉浸在知识的海洋里，而且每天晚上在家看书刷题——根据上课笔记复习，做往年考题练习，并自行批改纠错，一次性通过了三门功课的考试。

　　这次考证的经历让我对人力资源的相关知识有了更深刻的认知，书上的理论

知识结合工作实践，切实有效地提升了自己的工作技能和专业度。当时通过国家人力资源管理师二级之后需满五年方有资格报考一级，因此直到2017年我才继续报考。那时我在外企做人事管理工作，随着公司业务的发展，我也从分公司人事主管晋升到区域人事主管，乃至华东区区域人事行政经理。在这五年等待报考的时间里，我的职业发展也取得了很大进步，一步一个脚印，以踏实努力和勤奋进取获得了事业上的成功。

2017年报考了企业人力资源管理师一级，当时我认真地利用周末和晚上的时间来学习，但因白天工作繁忙，晚上在家只能等娃睡了才能拿出书本资料，时间被狠狠挤压，结果也不尽如人意，理论知识差4分未过。

结缘浙江财经大学——通过企业人力资源管理师一级

随着时间的推移和工作环境的转变，我发觉内心还是想要追求最高级别的职业技能等级认定，毕竟工作一直与人力资源管理相关，也需要给自己一个机会，有高技能伴身才能更好地服务于企业。

不能轻易放弃的观念越来越强，于是2021年我再次联系了浙江财经大学的叶老师，得知重新报考需要三门全部再考一遍。我当即毫不犹豫地报了名并买了新教材，利用晚上十点到十二点的时间，争分夺秒地看书刷题，全力以赴。终于功夫不负有心人，顺利高分通过企业人力资源管理师一级！

老师给我发消息说考试通过且综合评审分数是这批考生中的最高分时，我由衷地感谢家人的支持和自己的坚持。

继续报考人力相关考试——通过劳动
关系协调师高级考试

除了积极报考人力资源管理师之外，我于2021年还考取了劳动关系协调师高级证书。因当时服务的是民企，与之前的外企相比，最大的感受就是劳动纠纷和仲裁案件明显增多，我意识到了环境变化及岗位所需，当即咨询并报考了劳动关系协调师高级，经一个月的苦读，顺利通过了考试。

回忆往昔，考证是没有外人督促、完全靠自驱力的自学行为，丰富了自己的专业知识结构，提升了劳动关系处理能力，使自身资质与岗位更加匹配。与此同时，在 2021 年我还报名参加了浙江大学管理学院首席人力资源官（CHO）研修班，利用周末时间上课，直到 2023 年顺利结业。

保持学习能力——立于不败之地

作为职场女性，生了娃转换了战场又如何，我们一直在自己专业的道路上越走越远，不管外界环境如何变化，只要我们积极进取，顺应社会形势的发展变化，在人生的赛道上只会越来越好！

目前我作为综管部负责人，分管公司内部事务，包括人事、行政、财务及法务等的日常管理工作，不管公司战略规划及岗位如何变化，学习的步伐都永不停歇。我会在延迟退休的浪潮中乘风破浪、追逐属于自己的那束光，努力发光发亮，同时照耀身边更多人！

28. 朱晓宁：父爱如山，逐梦 HR 之巅

工作单位：浙江瑞峰人力资源服务有限公司

职　　务：董事长助理

工作地点：浙江省杭州市

证书情况：2019 年企业人力资源管理师一级

父爱铸就坚韧，梦想照亮未来：我的人力资源管理师一级备考纪实

2019 年，对我而言是意义非凡的一年。即将迎来新生命，成为父亲的我，心中洋溢着喜悦与期待，同时，我也下定决心要为孩子树立一个积极向上的榜样。恰逢那年秋季，企业人力资源管理师一级考试的机会悄然而至，我将其视为磨砺自我、为孩子播撒坚持与毅力种子的绝佳时机。

为了这次考试，我提前半年便开始了精心准备，每日的学习都规划得井井有条。深夜时分，我独自坐在书桌前，埋头苦读，心中充满了对知识的渴望和对未来的美好憧憬。每当遇到难题或困惑时，对孩子的期待与作为父亲的责任感总是让我更加坚定，勇往直前。

考试之日终于来临，我满怀信心地步入考场。校园内绿树成荫，学术氛围浓厚，让我顿感心旷神怡。紧张与期待在心头交织，我深吸一口气，将过往的努力凝聚于笔尖，冷静而沉着地应对每一道题目。在那一刻，我仿佛与自己进行了一场深入的内心对话，感受到了内心的坚定与成长的力量。

考试结束后，无论结果如何，我都感到释然并充满了成就感。这段备考历程不仅让我对人力资源管理的理论与实践有了更深刻的理解，更重要的是，我收获了家人的深情厚谊和无尽的支持与鼓励。我深知，无论最终是否能夺得桂冠，这段经历都让我的心灵与智慧得到了飞跃。它坚定了我勇往直前的决心，也让我更加珍惜与家人相处的每一刻时光。因为心中有爱、有责任、有担当，我坚信自己能够克服一切困难与挑战，迎接更加美好的明天。

父爱驱动，梦想成真：我的考证之旅与对同行的诚挚建议

在"父爱如山"的深切驱动下，我终得偿所愿，荣获了企业人力资源管理师一级证书。那一刻，我的内心洋溢着无尽的喜悦与自豪，仿佛已预见到自己作为父亲，为孩子树立起了坚韧不拔与勤勉努力的典范形象。这本证书，不仅是对我专业技能的高度肯定，更是我作为父亲，对孩子深沉爱意的无声宣言。

回望考证的历程，我心中充满了无限感慨。自决定报考之日起，我便深知，这不仅仅是一次简单的考试，更是对我意志力与能力的双重磨砺。备考期间，我倾注了无数心血与汗水，而每当念及即将降临的新生命时，那份对未来的憧憬以及作为父亲的责任感，便化作了我前行的强大动力。这段经历，不仅让我对人力资源管理的理论与实践有了更为深刻的领悟，更教会了我如何在压力与挑战面前保持冷静与坚韧。这本证书，无疑为我日后的工作与学习奠定了坚实的基础，也为我在职业生涯中攀登更高峰提供了无限可能。

基于我的亲身经历，我对其他 HR 从业者有以下三点诚挚的建议：

（1）以爱为翼，持之以恒：无论身处职场还是学习之路，都应找寻那份能激发自己不断前行的内在动力。对于 HR 而言，这份动力或许源自于对家人的深情厚爱，或许源自于对职业的无限热爱。唯有持之以恒，方能在职场中走得更远、飞得更高。

（2）理论与实践并重：人力资源管理是一门实践性极强的学科。理论知识

虽为基础，但将理论付诸实践则更为关键。因此，我建议同行们在深耕理论的同时，也要注重实践经验的积累，不断提升自己的综合素养。

（3）保持学习热情，追求卓越：在这个日新月异的时代，唯有不断学习、不断进步，方能紧跟时代的步伐。我鼓励同行们积极参与培训、研讨会等活动，拓宽视野，掌握最新的行业动态与技术趋势。

我坚信，只要以爱为名，坚持不懈地追寻自己的梦想与目标，每一位 HR 从业者都将在职场中绽放出独一无二的光彩。

29. 陈荟：十年职业母校情缘

工作单位：正泰新能源

职　　务：行政管理

工作地点：浙江省杭州市

证书情况：2024 年企业人力资源管理师一级

时光荏苒，忆昔抚今

2024 年 9 月 23 日，一则有关西城广场上线开拍的新闻报道，勾起了我对浙江财经大学的无限回忆。2014 年，也就是十年前，我在浙江财经大学西校区参加了 MBA 辅导班，课后我都会到离学校不远的西城广场吃饭。那次学习经历，是我大学毕业多年后第一次"回归"校园，也是我深化管理知识体系的开始，奠定了后续珍贵的浙江财经大学情缘。

2023 年我工作单位的属地工会杭州市滨江区总工会组织开展了职业技能培训，我选择报考与我职业相关的企业人力资源管理师三级。缘分使然，经过系统的培训学习，同年 8 月 19 日，我来到位于钱塘区下沙高教园区学源街 18 号的浙江财经大学下沙校区参加考试。十年光阴将我与两个校区的情谊凝聚，我满怀期待地打量着下沙校区，浙江财经大学几个金色大字赫然映入眼帘，如久别重逢，不胜欣喜。考试过程紧张有序，让人时刻感受到浙江财经大学对考场纪律的严肃认真，以及对考生无微不至的关怀。职业考试对每个成年考生而言都是神圣、难以逾越的。走出考场的我，也会心有余悸，难以如孩童般考完试便欢呼雀跃。但不久后，一位非浙江财经大学的人力资源管理专业的知名教授对我说：浙江财经大学在浙江省内开展职业技能等级认定的社会评价组织里是最规范的。我心中的石头瞬间落地了：一方面是对成年人备考不易的感怀，另一方面也是对浙江财经大学成为专业典范的折服。考试过程再苦再累也值了！

青春未央，归来仍是少年

去年顺利获得企业人力资源管理师三级证书，因此前已于 2016 年获得劳动关系协调师二级证书，今年直奔浙江财经大学企业人力资源管理师一级认定而去。一开始我对于综合科目的学习，百思不得其解，下笔踟蹰。后来在浙江财经大学组织的考前辅导中，老师耐心地分析案例，将解题思路倾囊相授，课后我按照老师的逻辑要义将录播课件反复学习，将案例题目反复演练，终得以融会贯通。考场上，3 个小时 10 道大题的综合考试，我争分夺秒又思路清晰。成绩发布，我喜极而泣。然而师父领进门，修行并不全在个人，浙江财经大学人力资源产业学院组织的丰富多彩的人力资源主题沙龙，为广大学员们注入源源不断的知识养料，涵盖最新的行业趋势和应用技术，为个人的职业发展保驾护航。

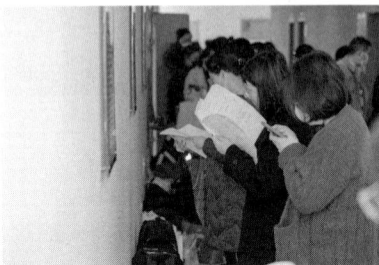

2024 年 9 月 1 日，正值开学季，我结束了企业人力资源管理师一级的最后 1 门考试。走出考场，穿梭在青春洋溢、充满欢声笑语的浙江财经大学学子之间，路过学校的中央花坛时，浙财大师生们正在庆祝建校 50 周年的横幅背景下合影留念。我望着空中的红色横幅，感慨万千：我这十年在浙江财经大学的学习和考证历程，虽是浙江财经大学发展道路上的小小缩影，但浙江财经大学始终是我职业发展的领路人，十年培育，感恩母校，一路见证和造就了我的成长和蜕变。

2024 年 11 月 2 日，浙江财经大学迎来了建校 50 周年校庆，由衷祝愿：生日快乐。

30. 陈慧丽：慢慢来，谁还没有一个努力的过程

个人基本情况

工作单位： 奇男子五金制品（浙江）有限公司
职　　务： 人事专员
工作地点： 浙江省桐乡市
证书情况： 2023 年企业人力资源管理师一级

所有幸运，都是努力埋下的伏笔

说起我的考证之路，就不得不说说我为什么会选择人事这份工作。

时间回到 2013 年初，即将毕业的我开始找实习工作。当时的我并没有考虑好要做什么工作，只是觉得文科生好像也只能找一些文职类的工作。但是，因为缺乏专业技能，学校和专业也普普通通，投的简历大都石沉大海，偶有回复也是一些礼貌性的拒绝。

后来经朋友介绍，我得到了一个人事实习生的面试机会，其实面试时的表现并不好，连最简单的人事六大模块都没回答上来，所以在接到入职通知的时候还有点意外呢！就这样，我进入了现在这家公司，在人事的岗位上实习。在这里我要感谢当初领我进门的领导和同事，是他们教会了我很多工作技能和为人处世的

道理，让我逐渐适应了职场，也让我从实习生顺利转正。2015年同事建议我考证，她说证书是我们工作技能的有效证明，如果你想跳槽，那是就我们简历的加分项。于是我的考证之路开始了，按照当时的报考条件报名了人力资源管理师三级。虽然报了班上了课，但是第一次参加相关证书的考试心里多少有点没底。好在有榜样的力量，当时我的同事已经通过了企业人力资源管理师二级，她鼓励我多看书，多做题，相信自己。最终我幸运地通过了考试。

2019年迎来了考证的改革，必须逐级报考，此时庆幸自己之前考取了三级证书，也要感谢当初给我建议的同事，不然从四级开始考，考证之路就要多走好几年。通过这几年的磨炼加上考三级的经验，我在应对二级理论和实操考试明显从容多了。综合考试是现场答辩，老师让我们穿职业装，说这样可以增加自信心，印象分也会比较好。虽然职业装不是我的日常穿衣风格，考试的时候非常紧张，但还是顺利完成了答辩，成绩是非常感人的61.7分。

在新时代的浪潮中，人力资源管理师证书又迎来了一次重大改革，它退出了国家职业资格目录，改为由人社部授权的第三方机构颁发，由"职业资格评价"改为了"职业技能等级认定"。2022年，浙江财经大学获批浙江省首批省属社会评价组织，其专业性不言而喻。

这些年我一直关注着自己什么时候能够报考一级，所以当得知符合报考条件时，毫不犹豫地报了名。只是这次一波三折，因为各方面原因，无法参与线下课程，只能线上学习。对我而言线上学习非常考验意志力，缺少课堂的学习氛围，不能够全身心地投入。而我在考试前几天又得了肺炎，连夜的咳嗽导致睡眠严重不足，但还是硬撑着完成了考试。所谓好事多磨，大抵就是如此，因为我再一次证明了自己。

走过的路，每一步都算数

考证的结果，是对努力的肯定，更是对未来的一种期许。不要小看考证的力量，它真的能改变一个人。社会在不断进步，职场也在不断变化，只有不断学习，才能跟上时代的步伐。努力是一件需要持之以恒、沉下心来的事情。当你坚持学习，让它成为生活的一部分，你一定会在某天看到坚持的意义。在我参加培训的时候，培训讲师说这样一段话："等你们考出二级的证书，三级的分数是多少就没人会在意了，等你们考出一级的证书，二级的分数也不重要了，通过就是胜利，不用给自己太大压力。"

　　有句谚语说："一艘没有目标的船，任何方向的风都是逆风。"有了目标，就有了方向，有了方向，就有了动力，而动力，正是实现梦想所不可或缺的因素。除此之外，一定要有一个好的心态，要勇于尝试，不怕失败。最后分享给大家一句我的座右铭："无论生活多么的混沌、粗糙，我们的头脑都不要麻木，保持独立的思考和探索欲。"愿我们通过每天一点点的努力，成为更好的自己！

31. 陈君英：人力资源管理领域的逐梦先锋

个人基本情况

工作单位： 浙江省冶金研究院有限公司
职　　务： 人事专员
工作地点： 浙江省杭州市
证书情况： 2024 年企业人力资源管理师一级

从初识到精通的蜕变之旅

初涉人力，启程考证。2008 年，我迎来了职业生涯的一个重要转折点。在此之前，我一直在专业技术领域深耕，但一次偶然的机会让我接触到了人事工作，这让我对人力资源管理产生了浓厚的兴趣。随着对人力资源领域的深入了解，我意识到了专业认证对于职业发展的重要性。在 2011 年取得企业人力资源管理师二级证书之后，为了能够在人力资源管理领域有所建树，2024 年我决定报考企业人力资源管理师一级证书。

我深知，在竞争激烈的职场中，只有不断提升自己的专业素养，才能在众多从业者中脱颖而出。因此，我开始了紧张的备考，每天除了完成日常工作之外，还挤出时间学习人力资源管理的相关知识。

财经大学，认定之选。为了选择一家真正适合自己的培训机构，我进行了深入的调查和比较。最终，我选择了浙江财经大学职业技能等级认定的相关课程。浙江财经大学在业界享有盛誉，其人力资源管理专业更是备受推崇。此外，浙江财经大学的师资力量雄厚，他们的教学经验和实战经验都非常丰富。

我认为，选择浙江财经大学是我备考过程中做出的最明智的决定之一。在这里，我不仅学到了扎实的理论知识，还通过模拟实训、案例分析等方式，提升了自己的实践能力。这些经历为我后续的职业发展奠定了坚实的基础。

备考温情，携手同行。备考的过程是艰辛的，但我并不孤单。我得到了同事们的大力支持和帮助。在备考期间，同事们经常与我分享他们的备考经验和学习资料，还经常在一起讨论疑难问题，共同攻克难关。

除了同事们的支持外，我还得到了家人的理解和关怀。在备考期间，她的家人为她创造了良好的学习环境，让我能够全身心地投入学习中去。家人的支持和鼓励让我感受到了温暖和力量，也让她更加坚定了通过考试的决心。

考试之日，心怀忐忑。经过数月的紧张备考，我终于迎来了考试的日子。考试当天，我提前一个小时到达了考场。虽然心中有些紧张，但我深知自己已经做好了充分的准备。我深吸一口气，调整好状态，以最佳姿态迎接挑战。当我走出考场时，心中充满了自信和期待。我知道，自己已经迈出了通往成功的重要一步。

从成就到展望的飞跃

喜获证书，心潮澎湃。经过漫长的等待和期盼，我终于收到了企业人力资源管理师一级证书的邮件通知。当我打开邮件看到证书的那一刻，内心充满了喜悦和自豪。这份证书不仅是对我专业能力的认可，更是对我辛勤付出的最好回报。

我回想起备考过程中的点点滴滴，那些熬夜学习的夜晚、那些与同事们讨论问题的时光、那些家人给予的支持和鼓励……这一切都化作了此刻的喜悦和成就。我深知，这份证书不仅仅是一张纸，更是我职业生涯中的一个重要里程碑。

助力职场，展望未来。获得企业人力资源管理师一级证书后，我的职业生涯迎来了新的机遇。我在公司中的地位得到了提升，领导对我更加器重，同事们也对我刮目相看。我深知，这份证书为我打开了通往更高层次职业发展的大门。

在未来的职业规划中，我计划继续深化自己在人力资源管理领域的知识和技能。此外，我还计划将所学的知识和技能应用到实际工作中去。我打算在公司内部开展一系列的人力资源管理项目。我相信，通过这些项目的实施，不仅能够为公司创造更多的价值，也能够让自己的职业生涯更加充实和有意义。

分享经验，共促成长。在取得证书后，我并没有停止前进的脚步。我深知，持续学习和分享经验是保持竞争力的关键。因此，我经常与同事们交流学习心得和体会，分享自己的备考经验和考试技巧。

对于其他 HR 从业人员，我有着自己的建议和期望。我希望他们能够重视专业认证的作用，通过不断学习提升自己的专业素养。同时，我也鼓励他们在工作中勇于实践，将理论知识与实际工作相结合，共同推动人力资源管理行业的发展。

我深知，人力资源管理是一个不断发展和变化的领域。随着时代的进步和技术的革新，人力资源管理的方法和手段也在不断更新和升级。因此，我鼓励同行们要保持敏锐的洞察力和创新精神，不断探索和尝试新的管理理念和方法，以适应不断变化的市场需求和企业发展。我期待与更多的同行们一起交流学习、共同成长，为人力资源管理行业的发展贡献自己的力量。

32. 陈绿叶：我的"证途"

个人基本情况

工作单位：台晶（宁波）电子有限公司

职　　务：招聘经理

工作地点：浙江省宁波市

证书情况：2023 年劳动关系协调师一级

2024 年企业人力资源管理师一级

砥砺前行——考证路上的个人备考征程

作为一名非人力资源专业出身的从业者，在大学毕业后因为个人兴趣在一家台资企业从事人力资源工作，至今已经 13 年。当初刚上岗时，面对办公室其他科班出身的同事，内心无比自卑，害怕自己不专业，害怕这会成为我职业生涯中的绊脚石。于是，在读完南开大学在职人力资源专业后，又踏上了考证的道路。几年的考证生涯里，我取得了 6 本人力资源相关证书。这些证书也见证了我从职场"小白"到"精英"蜕变。

跨越地域的追梦之旅，牵手浙财：在考证路上，我印象最深的是 2023 年考劳协一级的情景。当时宁波还没有能认定劳动关系协调师一级的机构，只能去杭州考，机缘巧合之下我来到了浙江财经大学。

深夜备考路，挑战坚持与成长之光：备考过程充满挑战，不仅考验我的耐力，还锻炼了我的时间管理能力。白天要工作，晚上回来需要辅导孩子写作业，只有在夜深人静的时候，才是我最好的学习时机。好几次我都想放弃，这个时候特别感谢黄会老师，给了我很大的鼓励和启发，她总是幽默地开导我："今天翻的是书，明天数的是钱，书看得越多，钱包鼓得越快"。还有群里一起考证的小伙伴们，大家相互交流学习心得，这些都激励着我们坚持到进入考场那一刻。虽然每天都很忙碌，但现在回忆起来那段时间却是最充实的时光。

炽热夏日，温情考场，再续一级证书梦：考证当天，天气非常炎热，我的内心非常紧张。当我来到考场楼下，看到了浙江财经大学老师们为考生们准备的降暑电风扇、冰块，还有矿泉水。开考前监考老师们还用幽默的语言给我们加油打气，让我们放松，这些细节都让我们这些异地考生感到非常温暖，这也是我第二次选择浙江财经大学来考取我的第二个一级证书。接下来，我依然坚定地选择了浙江财经大学，准备备考2024年11月的一级职业指导师考试。

荣耀时刻——取得证书后的心路历程与感悟

在看到成绩通过的那一刻，我内心的成就感油然而生。这不仅是对自己这两三个月努力付出的肯定，更是对自己能力的一种认可。每当工作或生活中遇到困难或挑战时，我就会想起考证时的历程，激励着我更加勇敢地去面对，同时这些证书也带给我意想不到的收获。

拓宽职业道路：自从拿到企业人力资源管理师一级和劳动关系协调师一级证书后，在公司内部也得到了老板的认可，给予我更大的平台和更多的机会，我不再感到自卑，因为通过考证的学习，我现在也是非常专业的HR了。同时因为有相关专业技能证书和多年实战经验，最近两年开始受聘成为外部职业技能等级认定评委及学校外聘讲师。

持续学习的动力：在备考过程中养成的自主学习习惯和自律精神，激励我继续深造、拓宽知识面。多年的考证经验也让我总结出了一套适合自己的考证"秘诀"，这套考证秘诀让我保持了考证以来的100%通过率，同事们都开玩笑地叫我"考霸"。

身边人的变化：在考证的过程中，我的学习潜移默化地影响了我的女儿。现在的她也非常热爱学习，享受知识带来的喜悦。每当我取得一个证书，她总为我而骄傲，认为妈妈是最棒的，她要向妈妈学习。

最后我想对其他 HR 从业人员说，虽然生活和工作都是忙碌的，也有很多琐事会不断困扰你，让你觉得没有时间去考证。但请相信，如果你勇敢迈出第一步，踏上考证之路，并坚信自己能够做到，那么时间总会被挤出来的。同时，通过几年的考证，个人心得分享如下：

（1）明确目标，制订计划：根据考试内容、难度和自己的实际情况，制订详细的学习计划，包括每天的学习时间、复习重点。

（2）多做历年真题，查漏补缺：历年真题都是考试的重点，可以检验自己的学习成果，找出薄弱环节。对于做错的题目，要认真分析原因，及时查漏补缺。

（3）调整心态，保持积极：备考过程中难免会遇到挫折和困难，这时要保持良好的心态，积极面对。可以通过运动、与朋友交流等方式来缓解压力。

总之，考证过程中虽然辛苦，但取得证书后的收获会远远超过在过程中的付出。我始终相信命运从不会辜负每一个用力奔跑的人，所有的光芒，最终都会被见到！

33. 陈秀娴：从生手成长为专业精英

个人基本情况

工作单位：宁波某科技发展股份有限公司
职　　务：行政人事经理
工作地点：浙江省宁波市
证书情况：2019 年企业人力资源管理师一级
　　　　　　2020 年劳动关系协调师一级

生手入行，进修专业

光阴似箭，入行人力资源已经 20 年了，当时因为工作变动进入了 HR 行业。作为行业小白，对于人力资源工作如何开展，做到什么样才可以，几乎是一窍不通。专业知识基本都来自于 HR 群内前辈们的指导、百度搜索和线下的有限咨询，如何系统地学习，是我急需解决的问题。一个偶然的机会得知《镇海区高技能人才岗位津贴》这一政策，宁波市有人力资源管理师的技师培训，且课程非常系统，参加培训的人员基本都是 HR。这么优质的同学资源，这么系统的专业培训课程，不正是我需要的吗？我毫不犹豫地报了二级企业人力资源管理师的培训课程，并顺利取证。

新知识如春风拂面，心生欢喜，不断追寻

对企业人力资源管理师的系统学习，让我明晰了工作内容，掌握了相关技术和方法，提高了工作效率和质量，赢得了同事的尊重和领导的认可。在同学们的分享中，我又得知"劳动关系协调师"被列为宁波市紧缺人才，考证后可以享受三年岗位补贴。且"劳动关系协调师"培训的主要方向是掌握基本知识和务实能力，这对我来说是提升专业能力的好机会，因此果断报考了二级劳动关系协调师，并于 2018 年拿证。考证给我带来了自信和成就感，我一发不可收拾，于2019 年和 2020 年相继取得企业人力资源管理师一级证书、劳动关系协调师一级证书，圆满取得人力资源领域的重量级证书。在考证的四年期间，我从一个人力资源小白成长为了一名行政人力部门经理，加薪晋级一路步步高升，身边的朋友称赞我为"考证达人"。我并不是一个聪明的人，职场晋升路上，是考证提升了我的专业素养和综合能力，是我的良师益友助我实现了自我的价值。

备考无难事，只要有心人

备考路上，不志忑不可能，但是心态和方法很重要！

备考路上，我的心态是：拿证是我最终的终极目标，多角度提高个人综合能力才是我参加培训学习的真正目的。放平心态，更有利于提高学习效果以及目标的实现。

在这几年的考证经历中，我总结了三个实用的备考方法：一是认真听课。课堂上认真听讲，直接参与老师的分析和讲解情景，相当于一个记忆的过程，有助于记忆和理解学习内容，是一种高效率的学习方式。二是刷题。题海战术是万年不变的备考方法，也确实有效可行。通过刷题，可以接触到不同的题型和解题思路，提高解题能力；通过大量刷题，可以巩固知识点，加深理解，提升解题的熟练度和准确率；同时检验学习效果，及时调整学习策略，增加考试信心。三是灵活应变。考试中常常会遇到一些意想不到的问题，如一些题型的变化、一些未曾学习到的"冷"知识等，这时一定要保持冷静，快速地从多角度思考问题，结合自己的理解或相关知识点综合解题，争取得分。

在考证过程中，值得强调的一点自律。自律是备考不可或缺的重要因素。特

别是对于中年在职人员，面对家庭、工作、朋友的约聚，手机、电视、游戏的诱惑，如何保持专注力，持续有效地完成学习计划，是非常关键的，需要备考者有坚定的意志力和恒心。

活到老，学到老

人的成长是一个不断学习和发展的过程，学习没有终点，需要不断地学习来充实和提升自己，从而适应不断发展的社会。通过学习新的知识、新的技能，保持好奇心和创造力，通过报考各种不同证书赋能，增强职业竞争力。

34. 杜美钰：追逐梦想，遇见更好的自己

个人基本情况

工作行业：物流技术行业

职　　务：人事行政经理

工作地点：浙江省杭州市

证书情况：2023 年企业人力资源管理师一级

2024 年职业指导师一级

考证之旅

在人生的旅途中，我们不断追求着自我提升和成长，而考证便是这条道路上的一个个里程碑。回首我的考证历程，充满了挑战与收获，每一本证书的背后都是一段难忘的故事。

2018 年，同事正准备考人力资源管理师三级，这瞬间激发了我的兴趣，我怀揣着对人力资源的热爱与憧憬，根据报名政策，直接报考了二级。当时投入了大量的时间和精力去学习和备考，通过努力，最终成功获得了人力资源管理师二级证书。那一刻的喜悦至今难忘。它不仅是对我专业知识的认可，更是我在人力资源道路上迈出的坚实一步。

正当我想继续考人力资源管理师一级时，政策变革了，需要间隔 5 年才能报

考，有点后悔没有提前为考试做好准备，但我仍未停下脚步。2021 年，为了挑战自我，报考了工商方向的经济师，但当我拿到经济基础教材时，第一部分的曲线章节搞得我头昏脑胀，导致我没有看书就直接裸考了。结果可想而知，全部挂科。我反思学习的意义是什么？是为了让自己时刻保持学习的状态和能力；是为了给孩子树立好的学习榜样！人的一生有很多角色，但最重要的是自己想成为什么样的人，我想遇见更好的自己！于是 2022 年重拾信心，积极备考，这次终于通过考试，那一刻的喜悦无以言表。这不仅仅是对我知识掌握程度的肯定，更是对我坚持不懈的认可。

追寻成长

2023 年，我可以报考人力资源管理师一级了，并有幸认识了黄会老师，遇到一群志同道合的伙伴。大家每天在群里互相鼓励，我也利用下班时间积极备考复习。2023 年 5 月，我一次性通过了考试。那一刻，所有努力都变得无比值得。

而今年，我又向职业指导师一级证书发起了挑战。有了之前的经历，我更加从容和坚定。我深知考证之路不会一帆风顺，但我相信，只要有足够的毅力和决心，就一定能够克服困难。在备考的过程中，我不断总结经验，提高学习效率。每一次的困难都成为我成长路上的垫脚石，每一次的挑战都让我变得更加坚强。回顾这段考证历程，我的心情无比复杂。有过挫折时的沮丧，有过坚持时的疲惫，也有过成功时的喜悦。但我知道，这一切都是值得的。每一本证书都是我努力的见证，也是我成长的标志。它们让我在专业领域更加自信，也让我对未来充满了希望。

自我提升

我深知让自己变得更好的两条捷径：一是读书，让自己站在巨人的肩膀，汲取前辈的智慧结晶；二是运动，通过运动让自己拥有健康的体魄。在这条考证之路上，我收获的不仅仅是证书，更是一种坚韧不拔的精神和不断追求进步的态度。我相信，这些宝贵的财富将伴随我一生，激励我在未来的道路上继续前行，不断创造新的辉煌。

最后愿我们这些积极向上的人都能被时光温柔以待，遇见更优秀的自己！

35. 何婉宁：追寻梦想的旅程

个人基本情况

工作单位：North East Consulting Group
职　　务：HRM
工作地点：浙江省杭州市
证书情况：企业人力资源管理师一级

起点：一场自我突破的旅程

人生的路有很多可能性，有些事情不是从一开始就注定的，但是保持学习和往前走的状态，将为日后提供更多可选择的机会，这是我这些年在生活和工作中的感悟。有的人会以终为始，目标明确，以此倒推自己每一步需要做什么。我清楚地意识到，要想有更长远的发展，除了在实践中积累经验，还需要理论的引导和资质的加持。为了更好地将管理理论和实践相结合，我先后考取了企业人力资源管理师二级和一级证书，进一步学习和研究企业管理。这条学习的道路，给我带来了诸多挑战和感动，也为我今后的人生奠定了坚实的基础。

坚持与勇气：在逆境中前行

回想起我第一次备考的经历，仍历历在目。那时我已怀孕四个月，尽管身体疲惫，但我从未动摇。我决定参加企业人力资源管理师二级的考试，理想虽美好，现实却充满了挑战。怀孕带来的生理不适与精神疲倦，让每晚的学习都成了考验。

家人的支持成了我最大的动力。他们理解我对学习的执着，为我分担了许多日常琐事。尽管身体状况让我感到异常辛苦，但每一次看到自己的进步，我都觉得一切都是值得的。最终，我成功通过了考试。但我深知，学习不只是为了考试，它更是一种对生命的热爱，一种对自我的提升。

坚定梦想，再度启航

时光荏苒，几年之后，孩子们还在蹒跚学步，我却再一次感受到了内心的渴望，那是对更深入地学习人力资源管理的相关知识的渴求，它如同一颗种子，在我心中悄然发芽。这一次，我决定挑战企业人力资源管理师一级。

为了追逐这一目标，每个周末，我都会前往培训课堂，聆听业界知名讲师授课，感受知识带来的精神丰盈。沈老师、余老师和杨老师的讲解如同灯塔，指引着我在知识的海洋中航行。而那些一起备考的同学们，则成了我前行道路上最好的伙伴。课堂上的讨论、课后的交流，让我们的思想在碰撞中迸发出无数灵感。

第一次考试，我并没有完全通过，心中有些许遗憾，但并未因此而气馁。学习从来都不是一蹴而就的旅程，而是一场长期的修行。于是，我决定再次备考，身体恢复后，我又一次报名了培训班。这一次，我将学习重点放在薄弱的公文筐上，深入研究每一个难点，并将理论与实际紧密结合。

思维的转变：学习中的顿悟

备考过程并不只是单纯的知识积累，更是一种思维的塑造。在与学员朋友的交流中，我受到了一位朋友的启发。他告诉我，要以更高的视野来看待每一个问题，站在大型企业 HR 总监的角度去分析问题，解决企业中的实际需求。这句话拓展了我的思维。我不再只是机械地背诵考点，而是开始用全局思维去理解知识。此后的学习，我不仅更加深入，也更加自信。最终，我一次性通过了考试，那份喜悦与成就感仍清晰如昨。

收获与成长：超越证书的意义

拿到证书的那一刻，我并未感到释然。这张证书承载着我的付出和努力，更重要的是，它让我看到了自我突破的可能性。那不仅仅是一场考试，更是一场关于毅力、友谊与成长的洗礼。

在取得证书后，我的工作也随之发生了积极的变化。我能够从更高的战略角度去审视和解决问题，为组织提供更专业的建议。无论是人才的引进、培养还是团队的管理，我都能够更加得心应手。

给 HR 从业者的寄语：走永不止步的学习之路

对于那些在 HR 行业中奋斗的同行们，我想说：学无止境。无论你已经取得了怎样的成就，持续学习始终是我们保持竞争力的关键。在学习的过程中，与同行的交流变得尤为重要。在这个过程中，你会遇到许多志同道合的人，他们会为你的人生旅途增添色彩。学习的旅程没有任何捷径可走，唯有坚持与努力。证书并不是终极目标，它是我们不断前行的一盏明灯，指引我们走向更美好的未来。

通过这次考试，我收获的不仅仅是一份证书，更是一颗永不停歇、追求进步的心。愿我们都能在这条不断追求与突破的道路上，勇敢前行，拥抱更精彩的未来。

36. 李安：沐光而行，做"唱功做功"兼备的追梦人

工作单位：浙江恒风集团有限公司

职　　务：人力资源部主管

工作地点：浙江省义乌市

证书情况：2024年企业人力资源管理师一级

阴差阳错的"职业跨界"

作为一名毕业于工商管理专业的文科生，我的职业生涯可以用"阴差阳错"来形容。实习期间参与了全国污染源普查活动，大学毕业后踏入了理科生扎堆的工程建筑行业，成为浙建集团的一名管道工程师。三年后，我又转战污水处理工程，最后回到老家，考入了浙江恒风集团。这家义乌本土的公共交通出行国企，成了我新的职业舞台。凭借多年的工作经验，我很快得到了领导的赏识，从一线员工转至行政岗，并成功入党。几个月的文员工作后，我转型为党务工作者，负责三级公司的党建工作。2019年，一位兄弟单位的党建办主任提议一起报考企业人力资源管理师，这本是句玩笑话，却无意间开启了我的"跨界"考证之旅。

这次决定，不仅拓宽了我的职业道路，更为我未来的职业生涯带来了意想不到的回报。

艺多不压身的"生涯回馈"

有人说，纵情于一艺，浸润于一道，是为殊途同归。我却不这么认为，在国企职场，一些多面手特质往往会带来丰厚的回馈。2019年，我成功考取了企业人力资源管理师二级证书。备考过程中的艰辛暂且不提，这次经历却成了我职业生涯的一个重要转折点。基于平时的工作表现和所获得的证书，上级单位在人事调整中将我提拔至直属公司人力资源部，分管党建工作。在这个岗位上，我开始尝试将人力资源管理的技巧融入组织管理和党员管理中，并取得了显著成效，使得单位的党建考核成绩屡获殊荣。我利用 HR 的工作思路来撰写党建年度工作计划，采用无领导小组讨论模式来组织党建沙龙，甚至借鉴华为的轮值 CEO 机制来设计政企之间的党建联建联席机制。这些人力资源方法论的应用，让我在岗位上进一步发光出彩。2023年，我再次被组织提拔，成为集团总部人力资源部的主管，统筹管理集团党委的党群工作，对接市国资办和市委组织部。这段经历让我深刻体会到，艺多不压身，跨界的能力为我的职业生涯带来了意想不到的收获。

水到渠成的"二次进步"

2024年，浙江省委提出了全面加强"三支队伍"建设的部署，对国企提出了新的人才建设要求。面对这一挑战，我那点儿企业人力资源管理师二级的知识显得有些力不从心。领导看我毫无头绪，便丢给我一本《企业人力资源管理师（一级）》让我找找灵感。果然，这本书中的职业规划、绩效管理工具、培训开发体系等内容给予我极大的启发。我利用这些理论知识，结合集团实际情况，完成了青年干部培养方案的撰写，大幅提升了方案的实操性和科学性。通过党委会审议，并报送国资办通过，得到了领导的赞誉。这次借鉴的成功，燃起了我考取企业人力资源管理师一级证书的热情。在单位领导的支持和推荐下，我选择了在浙江财经大学参加职业技能认定，开始了为期几个月的备考。

三十不惑的"痛苦备考"

对于一名已经工作多年的"80后"来说，在三十不惑的年纪选择冲击一门高级资格证书，无疑是一种挑战。备考期间，我的学习计划经常被各种突发事件打乱。白天要忙于各种工作，包括管理二十多个基层党组织的相关事务。晚上要哄睡儿子后再开始备考。每天晚上的两个小时和每个周末的两天，成了我唯一可以备考的时间。为了备考，我放弃了聚餐社交，卸载了占用碎片化时间的娱乐软件。周末放弃休假，在书房闭关看书刷题。在付出了160小时的努力后，最终以接近80分的优异成绩通过了三科考试。当资格证书寄到单位时，同事们纷纷向我祝贺，我表面看似云淡风轻，内心却感慨万分。普通人哪有什么天赋异禀，不过是一分耕耘一分收获罢了。

当出师不利遇上"暖心助考"

离开义乌到外地参加认定考试，对我来说是头一遭。考试前夜，我因多次换乘高铁和冷热交替而中暑，一度担心自己在考场无法调整状态。然而，到达考场后，浙江财经大学的考务准备让我慢慢放松了下来。资格认定考试的入场流程顺畅，备考室冷气充足，考务志愿者还特意递给我一瓶矿泉水。一位和蔼的考务老师不断为考生打气，消除了我们的不安和局促感。另外，学校的就餐安排也十分贴心，还为我们考生特别划分了就餐区，值得点赞。

沐光而行，追梦不止

考出企业人力资源管理师一级证书后，我再度迎来了"生涯回馈"。义乌市组织部选拔了48名青年干部组建投融资领域专才训练营，我或许是因为履历中新增的这项资历而得以成功入选。在开班仪式上，我还作为学员代表进行培训感言分享。这次经历让我深刻体会到，HR的知识沉淀不仅为我提供了敏锐的职业嗅觉，还赋予了我敢于跨界、不断接受挑战的勇气。我的经历，也为广大的从业者，提出了未来之问。在国企改革中，HR将如何在绩效改革、编制调整、人员分流中充分发挥指挥棒的作用？如何护航企业平稳发展，当好改革先行者？面对以人工智能、半导体制造、生命科学为核心孵化出的未来产业，我们是否已做好知识储备？希望在接下来的征途中，沐光而行，追梦不止，迎难而上，浪遏飞舟！

37. 李圣东：从人事新人到人事经理的华丽转变

个人基本情况

职　　务：人力资源部经理
工作地点：浙江省杭州市
证书情况：2024 年企业培训师一级
　　　　　2024 年劳动关系协调师一级

十年磨一剑，从人力资源新人到人力资源经理的成长之路

2024 年是毕业的第十一年，由于大学学的是人力资源相关专业，2013 年毕业后我就从事了人力资源的工作。自毕业参加工作开始，我就在思考如何提升自己的专业能力，并给自己定了一个目标——每年考取一个专业方向的证书。因此，我在 2014 年就考取了企业人力资源管理师三级证书，2016 年考取了企业人力资源管理师二级证书。之后的几年，由于工作繁忙，暂时停滞了考证计划。

时间如白驹过隙，转眼间到了 2024 年。在年中总结反思时，我突然意识到这几年虽然有所学习，但是终究没有太多的成长。醒悟之后马上开始了行动。

2024 年先后考取了职业培训师一级和劳动关系协调师一级证书。这几年，通过自己的努力和成长，我也从一名人力资源招聘专员，成长为公司人力资源部经理。这几年每一步的成长都凝聚了我的汗水和努力，也见证了我的进步与蜕变。

从一根稻草到参天大树：浙江财经大学 TTT 培训与
企业培训师之路

岗位职业证书是体现专业能力的重要标志，在这条学习之路上，虽然遇到了许多挑战，但也收获了无数的感动。其中，参加浙江财经大学第一期 TTT 培训的经历令人尤为感动与难忘。那次培训为我打开了一扇新的大门，让我看到了人力资源领域的广阔天地。我深知，要想在这个领域走得更远，就必须不断提升自己的专业素养和技能水平。因此，我毅然决定参加职业培训师一级和劳动关系协调师一级的考试，并顺利取得了证书。

在这次 TTT 培训中，我不仅学到了很多实用的知识和技能，还在浙江财经大学 HR 经理俱乐部结识了一群志同道合的朋友。我们一起探讨人力资源管理的实战经验，分享彼此的经验和心得。这些经历不仅丰富了我的职业生涯，也让我更加坚定了继续前行的决心。同时，经过不懈的努力，我成功获得了俱乐部讲师的资格，这些成就的背后，是我对知识的渴望和对进步的追求。我始终相信，只有不断学习、不断进步，才能在职业生涯中立于不败之地。

回顾这些年的经历，我深深感受到，虽然人已经不在校园，但是要想提升就要不断学习。学习每一项专业知识和技能都要像抓住救命稻草一样不断努力，当我再回头看时，我发现自己已经收获了一棵足以让我仰望的参天大树。这棵大树不仅代表着我过去的努力和成就，也预示着我未来更加广阔的职业发展空间。

在未来的日子里，我将继续保持这种积极进取的心态，不断提升自己的专业素养和技能水平。我相信，只要我坚持不懈地努力学习，就一定能够在职业生涯中取得更加辉煌的成就。同时，我也希望自己的经历能够激励更多的人勇敢追求自己的梦想和目标，追求自己更加美好的未来。

38. 李世根：生命不息，奋斗不已

个人基本情况

工作单位： 杭州天则安全技术咨询事务所主任

湖州胜达资讯服务有限公司总经理

湖州市南太湖经济管理研究院院长

职　　务： 事务所主任、总经理、研究院院长

工作地点： 浙江省杭州市

证书情况： 2018 年劳动关系协调师一级

2019 年企业人力资源管理师一级

2024 年职业培训师一级

学习永不为晚

一、赶上国考末班车

2017 年 9 月，人力资源和社会保障部公布了国家职业资格目录，对职业资格实行清单式管理。自 2019 年起，国务院决定分步取消水平评价类技能人员职业资格，推行社会化职业技能等级认定，劳动关系协调师、企业人力资源管理师等 76 项水平评价类技能人员职业资格已改为社会化等级认定。作为从事管理咨询与培训行业几十年的资深职场人，我刚好赶上了国考末班车。我当时直接报的一级考试，而且

也没报考前辅导班，虽有一定功底，但还是忐忑不安。所以我就自行看书做题，反复强化记忆。比较幸运的是，2018~2019 年，我相继考取了劳动关系协调师、安全评价师、企业人力资源管理师三个职业技能资格一级证书，为自己的职业生涯增添了别样的风采。也回应了一句老话："努力必有收获，付出总有回报。"

二、以考代学有方向

我大学毕业后，先后从事中学教师与企业管理工作，2004 年以后主要从事企业管理讲学、研究、咨询与培训工作，迄今已逾 20 年。我在浙江大学硕士阶段的研究方向是人力资源管理。2002 年评上高级经济师、2009 年评上高级统计师，也获得了中国管理咨询行业讲师团成员、中国中小企业管理咨询服务专家、中国中小企业志愿服务专家、中国企业标准化良好行为评价专家、国家卓越绩效评审员等荣誉称号。当时，我也在为劳动关系协调员、企业人力资源管理师、安全评级师等职业资格考前培训班做辅导，为了让自己的讲授与辅导更加应景应情，更有针对性与有效性，我自我加压，相继参加了劳动关系协调师、安全评价师、企业人力资源管理师等职业技能资格考试。通过这些考试，我深深地体会到，以考代学、以考带学更有动力源，知识结构更有系统性。每当夜深人静时，手捧着这几本暗红色封面的高级技师证书，面对着镜子看到自己黑白相映的头发，我也曾扪心自问，职业生涯后期是否就该躺平？考这么多证书又图什么？但学无止境，行稳致远，正所谓技多不压身。

三、知识更新无止境

我现在主要从事管理咨询与培训工作，同时担任浙江理工大学工商管理硕士研究生导师、湖州学院产业教授、浙江省企业管理现代化对标提升工程专家，浙江省管理对标提升星级评价咨询师认证考核专家等，行业的要求与职业的特点鞭策我必须不断学习，"教人一杯水，需要一桶水"。在大学毕业后的 30 多年里，我一直都是学习的力行者，相继获得了教育学学士、理学学士、工商管理硕士（MBA）三个学位。在知识经济时代与信息社会里，能力和技能是职场人的重要资本，学习力应该伴人一生。要想在自己熟知的领域里有所作为、多有作为，唯有终身学习，才能适应时代的发展要求，最终成长为行家里手。经过多年的学习、工作和实践，我的职业生涯也不断得到升华，多次被评为浙江省优秀管理咨询师、优秀管理培训师。2024 年，我还考取了职业培训师一级职业技能等级证书，也荣幸地被评为全国十大优秀国际管理咨询师。

学以致用谋发展

一、学习者乐在其中

考证虽非唯一目的，但也是衡量职场人专业能力的重要指标，而且考证是提升学习能力、完善自身知识体系的重要途径，也是检验学习成效的重要环节。学习是幸福的，工作是美丽的，成功取证可增强自身的幸福体验，为后续事半功倍的学习提供有益借鉴。成人的学习，带有更强的目的性，一旦认准，即使苦中作乐也从不后悔。

二、热爱是最好的老师

我们正处于一个易变性、不确定性、复杂性、模糊性的乌卡时代（VUCA），除了积极拥抱外别无选择。但干一行爱一行的初心应始终不变，只有热爱自己的职业，才能迸发出更强的能量；只有不断夯实自己的专业广度与深度，提高工作效率和质量，才能立足于瞬息万变的外部竞争世界。

三、人力资源管理职业绚烂无比

人力资源是组织的战略性资源，它是高度专业化又富有挑战性的工作。人力资源管理从事的是人的工作，而人是最具主观能动性的物质，做人的工作本身就具有一种巨大的挑战。人力资源管理的价值就在于通过成就个人推动组织进步，进而促进社会发展。因此，有志不在年高，天道自然酬勤，人力资源管理职业之路虽然前路漫漫，但我们未尝不是未雨绸缪，"吾将上下而求索"，生命因努力而灿烂，因你我而精彩。

39. 沈江萍：被动考证，主动成长

个人基本情况

工作单位： 海宁星熠职业技能培训学校有限公司
职　　务： 人力培训负责人
工作地点： 浙江省嘉兴市
证书情况： 2010 年企业人力资源管理师一级

被动考证，主动成长

我的考证并不像很多人一样，考前立下了很多 flag，目标远大而崇高。只是因为非本专业的自己，在后辈们的"逼迫"之下才选择考证的。记得那是 2007 年 10 月，当时部门的一个小姑娘，在准备考企业人力资源管理师二级证书前的一句玩笑话："领导，到时我有二级证书，你没有那不是很没面子？"才激励我走上了考证路。当然，付出的努力只有自己清楚，毕竟大学时学的是财务专业。2008 年 1 月顺利拿到了企业人力资源管理师二级证书，二级的顺利通过，让我从茫然考证变得信心十足地去备考一级。

通过考证过程中的学习，发现自己可以从中学到很多以前从没接触过的专业知识，也慢慢掌握了一些和人力资源管理相关的技能，同时也意识到，只有不断学习和提升自己的能力，才能更好地胜任自己的岗位，才能更好更专业地指导下属开展工作。在考证过程中，把学到的知识，结合到实际工作中，不再是盲目地工作，而是有计划有预见性地开展工作，同时帮助企业完善了人力资源管理中的招聘配置、培训开发、绩效考核等体系，在这个过程中我看到了自己的不足，也感受了完成体系建设后成功的喜悦，更加明确了自己工作的方向。我的考证虽然是被动的，但是收获颇丰，它让我成长为一名更加专业的人力资源从业者，同时也让我在个人成长方面得到了很大的提升。有时不逼自己一把，你不知道自己有多优秀。

很感谢当初努力的自己，正因为取得了人力资源管理师一级证书，才让自己有了更多的机会，在公司上市时作为公司高管享受了公司上市带来的红利，让今天的自己有机会有底气，退休后可以继续实现个人价值，走上培训这一行业，延续自己的职业生涯。把学到的知识结合自己二十多年的从业经验分享给更多需要的 HR 和企业，让 HR 新人提升从业技能，让企业提升管理效率。

以考证成就职业未来

通过我的经历，我深刻认识到考证对于职业生涯发展的重要性。只有不断学习和提升自己的能力，才能在竞争激烈的人力资源行业中立于不败之地，实现自己的职业价值。还有一句话是我想对年轻的你们说的：考证不是需要才去考，而是有了证书你才会更有价值。我希望我的经历可以给正在考虑考证的人一些启示，让你们更加坚定自己的决心，不断提升自己的专业知识和技能，为自己的职业生涯发展打下坚实的基础，创造更多的可能性。

40. 宋海英：最美追光者——记我的考证故事

个人基本情况

工作单位： 嘉兴市新都控股有限公司

职　　务： 集团人事主管

工作地点： 浙江省桐乡市

证书情况： 2018 年企业人力资源管理师一级

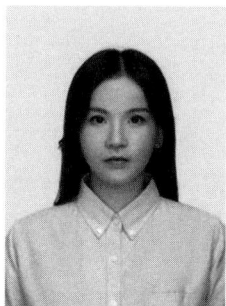

在当今快速发展的社会中，专业资格证书成了职场竞争的重要砝码之一。作为一位长期从事人力资源管理工作的专业人士，我深刻意识到不断学习与提升自我对职业发展的重要性。因此，在过去的几年里，我先后考取了一级企业人力资源管理师、二级劳动关系协调师及三级企业培训师等证书。正所谓技多不压身，这些证书不仅为我的职业生涯增光添彩，更让我在理论知识和实操能力上有了质的飞跃。

职业发展的学习之路

2015 年初，我决定报考三级企业人力资源管理师。备考期间，我系统地复习了《人力资源管理基础》《绩效管理》等核心课程，并参加了线下课程、通过多次模考来检验学习成果。整个准备过程持续了半年，其间我克服了工作繁忙带来的压力。但在考试前一天因突发急性阑尾炎住院，错失了考试机会。后续又报名了二级企业人力资源管理师和一级企业人力资源管理师的培训班，历经三年，最终顺利通过，并在 2018 年取得一级企业人力资源管理师的证书。

随着工作经验的积累，我逐渐意识到良好的劳动关系对企业发展至关重要。因此在 2021 年，我报名参加了二级劳动关系协调师的培训与考试。这次备考主要集中在法律法规的学习方面，如《劳动合同法》《社会保险法》等，同时结合实际案例分析，提高了处理复杂劳动争议问题的能力。2021 年，为了进一步提升自身职业技能，我选择了报考三级企业培训师。备考过程中，除了专业知识的学习外，我还特别注重教学设计、课堂管理等实践技能训练。经过几个月的努力，我成功取得了这一资格认证。

心得体会

获得一级企业人力资源管理师证书后，我对人力资源管理领域有了更加全面而深入的理解，特别是在招聘与配置、绩效管理等方面，我能够运用科学的方法论解决实际工作中的问题，提高了工作效率。此外，证书还增强了我在行业内的竞争力，为个人职业发展奠定了坚实的基础。

通过此次考证，我不仅掌握了更多关于劳动法律法规的知识，而且学会了如何运用法律手段有效预防和解决劳动纠纷。这对我日后在工作中处理员工关系、维护公司利益等提供了极大的帮助。原公司因政策要求拆除锅炉，我运用所学知识跟员工沟通调岗一事，经过我和工会的努力，员工同意调岗，成功避免了公司 40 万元的经济补偿金。同时，这也是一次让我从不同的角度审视人力资源管理工作、拓宽视野的机会。

成为三级企业培训师后，我开始负责公司内部的一些培训项目。在这个过程中，我深刻体会到"授人以鱼不如授人以渔"的道理。一个好的培训师不仅要传授知识，更要激发学员的学习兴趣，引导他们主动思考和解决问题。这段经历不仅提升了我的沟通表达能力，也让我在团队建设、人才培养方面积累了宝贵的经验。

总结考证之路

回顾这几年来的考证之路，虽然充满了挑战，但也收获颇丰。每一次努力都让我距离梦想更进一步，每一本证书都是对自己的认可。未来，我将继续保持对学习的热情，不断探索新知，争取在人力资源管理领域取得更大的成就。同时也希望我的经历能够激励更多的同行加入终身学习的行列中来，共同推进行业的健康发展。在此，感谢浙江财经大学让我参加了 TTT 培训，在这次培训中我提高了课件的设计能力，还学会了课堂四给：给人信心、给人欢喜、给人希望、给人方便。

公司简介

杭州厚德人力资源服务有限公司（以下简称厚德人力）是一家以人力外包和灵活用工为主营业务的人力资源服务公司。厚德人力凭借着优秀的项目团队、先进的运营理念、丰富的行业知识，根据客户实际情况灵活定制服务方案，为企业解决突增业务人员、季节性人员、特殊专业性人员需求，从人员招聘、培训上岗、员工关系、现场管理运营、薪酬福利优化等方面进行一系列跟踪与实施，在业内拥有良好的口碑及坚实的市场基础，并形成了四位一体的业务模块。

经营范围

1. 劳动外包

通过定制化的灵活用工解决方案，为企业提供劳务外包、劳务派遣、项目外包、招聘外包、转移外包等专业外包服务。企业将公司内部某些重复性的非核心业务交由厚德人力负责，从而解决企业招工难、流失率高以及烦琐的基础人事工作等问题，降低企业成本，提高企业效率。

2. 人事外包

人事外包是企业将薪酬管理、社保管理、法务咨询、背景调查、薪酬报告等人事工作外包给厚德人力管理，以此帮助企业高效合规地管理人事工作，降低企业人力资源管理成本，提高人力资源管理效率，规避企业在新政下的法律风险。

3. 产线外包

整体生产线或部分同类岗位的劳务外包，由专业的外包服务供应商为企业提供从依据生产线特点自行招募员工、配置员工到进行绩效管理、员工关系管理及后勤服务、员工培训与开发、产线的日常管理等工作。

4. 灵活用工

灵活用工服务是根据客户生产或用工需要，向厚德人力租赁（借用）合适的人员，劳务服务费用按小时、天或月度整体结算，客户根据项目或用工需要制定需求人数和用工周期，至项目或用工需求结束。厚德人力为客户季节性项目、短期性项目、临时性项目提供多元化的人才，为客户提供因生产任务临时需要人才的完美解决方案。

合作伙伴

上市公司：立昂微　巨星　士兰　启明医疗

外贸出口行业：百富袜业　快格科技　美灵包装

食品相关行业：中粮集团　美联塑品　味全食品　甄品实业

机械加工行业：莫尔电机　普思信　新诺微

家具配套行业：圣诺盟顾家

餐饮行业：杭州乡往餐饮

仓储快递行业：中通快递　华味亨　东芝物流　百世物流

化妆品行业：菲丝凯　孔凤春　飞丝科尔　吉川生物

纺织行业：杭州旭化成

医药行业：康莱特药业　朱养心药业　飞羊生物　昊肽生物　九源基因

医疗器械行业：麦得科科技　瑞测生物技术　京泠医疗器械　巴泰医疗科技　摩达生物科技　艾策医疗　昑晓医疗器械　合域医疗　赛普过滤器　言启医疗器械　领博　协合医疗　创新生物　奥泰生物　光华医用胶管等

机械装配制造行业：杭州昱透实业　泽晨智能设备　金宇电子　旭化成分离膜装置　创思汽车部件　史陶比尔

电子加工行业：杭州佰富物联科技　浙江中瑞智能　浙江大安科技　东开半导体科技　星达电子　杭州科美特

另有其他知名合作企业，长期保持良好的战略合作伙伴关系。

41. 苏艳阳：从研发转型为 HR，
从追寻光到成为光

工作单位：杰克科技股份有限公司
职　　务：杭州分公司人力资源总监
工作地点：浙江省杭州市
证书情况：2018 年企业人力资源管理师一级

半路出家，转型 HR

2009 年本科自动化专业毕业后做了研发工程师。由于当时所在企业规模较小，仅 200 人左右，所以在做研发工程师之余，还兼做了项目管理、活动策划组织、对外业务宣传等事宜，成功锻炼了综合能力。

2014 年加入杰克科技股份有限公司杭州研发中心，担任研发工程师。在一次去台州总部出差期间，无意间被总公司的人力资源总监一眼相中，结合之前的工作经历，极力推荐我转型做 HR，原因就三个字：有特质！

带着好奇心和领导的期望，我放弃了做了 5 年研发工程师的工作，做了人力小白。从招聘到绩效再到员工关系，感觉一切都新奇又丰富多彩，很快就发现自己真的热爱人力资源工作。我虽然已经毕业 5 年，但毕竟不是人力专业出身，和公司其他 HR 相比，缺乏系统的理论知识体系，所以以需要恶补专业知识。

打听之后，得知浙江财经大学帮助众多 HR 从业者认定企业人力资源管理师多年，有成功的实战经验和良好的口碑。于是，2015 年毅然决然地报考了企业人力资源管理师二级，并一次性成功拿下企业人力资源管理师二级证书，比较系统地熟悉了人力资源知识体系。从此，开启自己半路出家的 HR 转型之路！

一鼓作气，乘风而上

在杰克工作期间，我非常感谢公司提供的平台，让我能够顺利转型 HR，能接触人力资源全模块工作。从招聘到培训，从绩效到薪酬，从任职资格到员工关系，从分公司到总部轮岗，全局参与整个公司的人力资源规划，也成功晋升为杭州公司的 HRM。

转眼到了 2018 年，距离拿到企业人力资源管理师二级证书已有 3 年，刚好具备报考一级的资格。有一天在外参观学习，看到别家公司企业文化墙上有一幅图——成功的阶梯你在哪一步？

图中"这就去做"这简简单单的四个字，一瞬间击中了我的心灵。当即再次联系浙江财经大学的老师，报考了企业人力资源管理师一级。在老师们专业的辅导下，加上公司的实战训练，我顺利通过了考试，拿到了证书。

人生没有白走的路，你走的每一步都算数

在杰克公司的平台上，自己也亲自主导并全面参与招聘配置、绩效管理、人才盘点、职位体系、任职资格体系、组织氛围测评、博士后工作站等事宜，累计为公司引进数百人，成功晋升为杭州公司的 HRD。

2021 年是丰收的一年，凭借企业人力资源管理师一级证书，和之前做研发工程师时的专利证书，被评为杭州市 E 类高层次人才。因为前期有人力资源管理师二级、一级的考试基础，仅用一个月的复习时间，就成功拿下了中级经济师证书。与此同时，我很幸运地通过国家研究生统考，走进浙江工业大学继续深造，攻读 MBA，全方位提升专业知识和人脉资源。

人生没有白走的路，你走的每一步都算数！热爱所有走过的路，喜欢转型后

的 HR 工作，真正改变了自己的职业生涯方向！

百战归来再读书，厉兵秣马再起航

苏格拉底曾经说过：知道得越多，才发现自己知道得越少！

HR 都是热爱学习和充满能量的人，每走上一个台阶，就想继续提升自己，同时可以进一步增加自身的核心竞争力。慢慢发现，企业人力资源管理师一级证书并不是 HR 从业者的最高点，更不是终点。"百战归来再读书，厉兵秣马再起航"，2021 年 9 月攻读 MBA，2024 年 1 月顺利毕业。那段没有周末的日子，虽辛苦但能指引自己用更全局的眼光看待问题，用更系统的思维思考问题，用更全面的方法解决问题，还能认识更多不同行业的企业家、职业经理人，对自己的工作、学习发展都是非常有益的！

追寻光，成为光，散发光

在半路转型时追寻光，不断学习沉淀，提升自我；在身经百战后成为光，照亮前行之路，坚定自我；在千帆竞过后散发光，持续温暖自己，照亮他人。

愿所有 HR 从业者，在自己选择的道路上，能够一直心中有爱，眼里有光，实现自我，追求卓越，回馈社会，成为他人生活中的一束光，持续照亮前行的路！

42. 汪丽娟：目标引领的成长征途

工作单位： 杭州职航教育科技有限公司

职　　务： 教学主任

工作地点： 浙江省杭州市

证书情况： 2020 年企业人力资源管理师一级

坚定目标，全力以赴

岁月不居，时节如流。毕业多年一直在管理培训行业工作。日常的忙碌工作中，接触到了非常多优秀的老师和企业管理者，他们积极奋进、努力专注。

2016 年的春天，我报考了企业人力资源管理师二级，并将其列入了当年的学习计划，希望借助考证，系统学习企业人力资源管理的专业知识，从而提升自己。回忆那段备考时光：虽有些辛苦，但更多是充满美好记忆的时光。

白天工作忙碌，每周一、三、五晚，每晚 2 小时准时参加直播课。那时公司距离家很远，每次都是一下班赶到家，就已临近直播开课时间。那时小女儿才半岁，来不及抱会儿小妞，也来不及吃晚饭，就开始坐在书桌旁边，打开电脑，翻开书本，跟着老师的节奏学习备考。虽有家务、有孩子，还有其他各种琐事，但直播课的学习，雷打不动地坚持着。从每周三次直播课，到课后的复习做题，再到临近考试的全力以赴。临近考试，会在上班的公交车上刷题，那会儿还没地铁，摇摇晃晃一个多小时的途中复习，幸好直达公交车的底站，不然可能常常会坐过站。还会在出差候车的大厅里，拿出课件资料，一边等车一边学习，会在周末休息时间听课学习。排除各种琐事杂念的干扰学习，那感觉非常不错。

现在我依稀还记得，参加那次考试时的情景，由于家距离考场比较远，为了能更好地应对考试，还提前一晚订了酒店，住在学校附近。当走进学校，看到许许多多陌生的小伙伴们一同走进考场，那是一种阔别校区多年，太久都没有的体验。经过数月的努力，2016 年我顺利拿到企业人力资源管理师二级证书。

离开校园多年，通过考证系统学习，也再次尝到了学习的乐趣，感触颇深，受益良多。回想过去，因为工作关系，接触到了非常多优秀的老师和学员，内心想要进步，也常常制订各种学习计划，但也常因目标不够坚定，执行不到位而失败。但考证这件事情，因为目标明确，坚持了、学习了，也收获了。

当 2020 年符合人力资源管理师一级报考条件时，就义无反顾再次加入考证学习，整个备考过程非常顺利，在 2020 年拿到人力资源管理师一级证书。因为考证，享受到了政府给予的高技能人才奖励的福利。感谢政府、感谢老师、感谢努力的自己！

忙碌生活中的小确幸

考取人力资源管理师证书是我学习和成长路上非常重要的一个节点。

通过考证，认识了一大群同样热爱学习、志同道合、积极向上的小伙伴！在学习前行的路上，大家相互鼓励、携手共进，我们一直在路上。

通过考证，专注而系统地学习了企业人力资源管理的各大版块，对日常工作和自己的职业发展多有助力。

通过考证，有幸申请到了杭州市 E 类人才及相关政府福利，对自己来说是鞭策，是鼓励，更是实实在在的认可和奖励。

更重要的是，因为考证，收获了一种心境、一种积极努力的状态、一种坚持了就会有收获的期许和感受。

现在整体经济大环境收紧，经济下行，企业经营压力增大，身处其中的职场人，更是处境不易。我们唯有不断修炼自己的内功，认真努力工作，持续学习，以应对未来的不确定性。作为 HR 从业人员，企业人力资源管理师、劳动关系协调师等职业工种的系统学习与持续升级打怪，是个不错的路径。当然，也不止于此。

人生如同播种，耐心耕耘，未来定会收获满园春色。

43. 汪琼：考证的意义——让学习 成为一种习惯

个人基本情况

工作单位：宁波盛世文渊进出口有限公司

职　　务：行政人事经理

工作地点：浙江省宁波市

证书情况：2017 年企业人力资源管理师一级

从盲目跟风考证，到独立思考考证的意义

从上海回宁波重新就业后，一直有种"无形的压迫感"。一是来自上海的就业压力让我已经习惯了高强度快节奏的工作；二是随着年龄的增长，我越发意识到"人无远虑，必有近忧"，我必须更加努力，只有这样才能在宁波站稳脚跟。

和 HR 朋友一起聊天时，得知她们的从业年限可以直接考人力一级。其实在此之前，我考了两次都没通过，信心备受打击。想着自己的从业年限也差不多，这次和他们一起去考个证，也算为未来做个准备。我们最后找了家看起来还算靠谱的机构一起报了名。没过多久老师就通知上课了，周末整天要去打卡上课，不能缺课而且还需要及时提交作业，连续学习小半年。虽然上课时做了不少笔记，但有些专业的词学起来还是比较吃力，除了看书，还在网上自主查了不少资料，有时候大家会相约到书店去看书。之后，我静下心来给自己制定了详细的考前复习计划：早上六点半起床看一小时上周老师讲的内容；晚上七点到八点半做课后的练习题。周末的其中半天对自己之前的错题重新闭卷做（有问题的去网上或者书店查询，写好题目的解法），后来老师看见我们班学习都很认真，就额外拉了个QQ群，专门让大家讨论课后作业，而且老师有空就上线答疑。在这个阶段须做好以下三步：第一步是规范完成习题，第二步是规范考试类似的案例习题，第三步是看笔记，做错题及老师对于本次考试的押题。

11月初迎来了企业人力资源管理师一级考试，一大早反复检查了准考证、身份证原件、笔及橡皮等，提前一小时出发赶赴考场，到考场后大家互相鼓励打气，都预祝自己能顺利通过考试。在考场内我的手心一直冒汗，但还是比较镇定地做完了一整套试卷，因为考题基本上平时都接触过，练习过。最后论文答辩，因为我的这篇论文题材就是在我的实际工作中发生过的，也是自己独立解决的，所以非常顺利地回答了专业老师提出的几个问题。走出考场，深呼了一口气。小半年的痛苦"煎熬"终于结束了。

学无止境——让学习成为一种习惯

12月拿到那个鲜红的小本本时，虽然上面的成绩并不算"完美"，但总算是给自己这小半年来的备考画上了圆满的句号，心里涌起了满满的成就感和满足感。想着之后还要继续学习考证，便对自己后续的学习以及工作发展进行了重新审视。需要做到以下两点：一是事情要落实。既然做了计划，就一定要实现，落地很重要。二是计划要细致。每次的计划不一定都要做得密密麻麻，因为做得太过紧凑，就没有变动的机会了。

每个行业都离不开学习。学无止境，只有不断地学习，同时知道学习的重要性，能成为一个终身的学习者，进步才会如影随形地跟着你走！

44. 吴慧：终身学习，向下扎根，才能向上生长

┌ 个人基本情况

工作单位：浙江中广电器集团股份有限公司

职　　务：人力资源部总监

工作地点：浙江省丽水市

证书情况：2019 年企业人力资源管理师一级

　　　　　2023 年劳动关系协调师一级

　　　　　2024 年职业指导师一级

"河流唯有深邃才能平静无波，树木只有扎根地底才能茁壮茂盛。"

人生之旅亦如此，我从一名初出茅庐的人事专员，到引领团队的人力资源部总监。每一步跨越都凝聚着不为人知的汗水与坚持；每一次蜕变都是对自我极限的挑战与超越。从默默无闻的平凡，到最终绽放光彩，这一路上，布满了荆棘与挑战，也铺满了成长的足迹。

初识梦想，热爱启航

我于 2013 年加入医药公司，担任人事专员，在工作过程中逐渐认识到自身专业知识的薄弱，业余时间，坚持努力学习。2014 年 5 月 18 日，对我而言，是一个值得铭记的日子。经过无数个夜晚的挑灯夜战，在这一天我终于通过了企业

人力资源管理师二级的考试。这张证书，不仅是对我专业知识的认可，更是激励我继续前行的动力源泉。我意识到，只有不断向下扎根，深入学习人力资源管理的精髓，才能在未来更加复杂多变的工作环境中游刃有余。

于是，工作之余我不断提升自己的专业能力，保持持续学习，并于 2019 年 6 月考取了企业人力资源管理师一级证书。

纵向深耕，沉淀自己

虽然人力资源管理不是自己所学的专业，但没关系，因为后期的努力也可以"扭转乾坤"。而且，有的事情，自己做得越好越擅长，就会喜欢。找到自己擅长和喜欢的领域，就会比别人有更多的优势。专注于一个领域，能让自己变得更优秀；专心于一件事情，能让问题解决得更漂亮。只有沉下心来，踏踏实实，专注于一个目标，在一个方向上持续学习、提升，才能积累到属于自己的优势。

我深知，在这个日新月异的时代，唯有不断学习，才能不被淘汰。于是，我又将目光投向了劳动关系协调师职业资格。基于处理百余名员工的实战经验，2022 年 6 月，我顺利取得了劳动关系协调师二级证书。

跨界学习，服务升级

在人力资源管理领域稳步前行的同时，我并没有满足于现状。我深知，作为一名优秀的 HR，除了掌握专业知识，还需开阔视野和提高跨领域合作的能力。其间，我成功考取了企业培训师三级和客户服务管理师三级的证书，还被聘为公司内部讲师。这些跨界学习，不仅拓展了我的职业边界，让我学会了如何更有效地传授知识，如何激发员工的潜能，而且锻炼了我的沟通协调能力和培训技巧，为我日后的培训工作打下了坚实的基础。

2023 年，对于我来说是充满挑战与机遇的一年，在搭建任职资格体系的同时，我开启了人才盘点工作，推进了薪酬项目。8 月，我更是凭借出色的表现，成为丽水市就业创业导师和丽水职业技术学院大学生就业导师。我先后到丽水职业技术学院、丽水学院和浙江师范大学授课，分享我的技能进阶和取证历程。

终身学习，知行合一

在我的带动下，团队全员实现持"证"上岗。2024年是我职业生涯中又一个重要的转折点。9月，我迎来了职业指导师一级的认证考试。这是我对自己职业生涯的一次全面审视和规划，也明确了对未来的发展方向。通过这一认证，我更加精准地帮助员工规划职业生涯，助力企业实现人才战略目标。

确定好目标，不断行动，行中知、知中行，才能达到知行合一。回顾这段考证之旅，我深知，每一次成功都离不开热爱、坚持、学习和自我提升。正是这份对HR事业的热爱，让我在遇到困难时从不轻言放弃，让我在无数个日夜中默默耕耘，让我在知识的海洋中遨游；也正是这份对自我提升的追求，让我不断攀登新的高峰。

未来可期，从心出发

每一张证书的获得，都伴随着无数个夜晚的奋斗与汗水，但每当我看到它们时，心中都会涌起一股无比的自豪感与成就感。我想通过我的故事告诉大家：无论你的目标是什么，只要心中有梦、脚下有路，坚持不懈，终将抵达心中的彼岸。让我们一起向下扎根，汲取知识的养分；一起向上生长，向着更高的目标迈进。相信未来的你，一定会感谢现在坚持不懈的自己！

45. 吴佳寅：学习无止境，奋进永不息

工作单位：泰格医药
职　　务：招聘经理
工作地点：浙江省嘉兴市
证书情况：2023 年企业人力资源管理师一级
　　　　　2024 年职业指导师一级

九月的秋风，吹走了夏日的炎热，吹来了初秋的凉意。

我参加了职业指导师一级考试并通过，此刻又在去往自己心心念念很久的在职硕士的开学典礼的路上。这是个收获、喜悦、温暖、幸福的九月。

半路出家，结缘 HR

大学旅游管理专业毕业后，出于稳定的考虑，我应聘到目前所在的医药 CRO 公司从事行政工作。工作 5 年后，公司的 HR 同事即将休产假，需要找一位 backup，领导推荐我去协助。我开始接触到人力资源的六大模块，对 HR 工作有了初步的了解。由于我在工作期间表现不错，HRD 建议我转岗到 HR 部门，慎重考虑后，觉得可以学习到更多新的知识和技能，也是一个职业发展的机会，便同

意转岗，自此开启我和人力资源的缘分。

榜样之力，引领前进

三年多的 HR 工作让我成长蜕变。受部门领导备考一级企业人力资源管理师影响，加之自我提升的愿望，便有了报考人力证书的想法。

我从领导那里得知了一级人力讲师黄会老师的励志故事，她从制造行业普通HR 成长为了资深讲师。当时的我虽与黄老师未曾谋面，但心里已默默将她作为榜样。2018 年 3 月，在一个樱花烂漫的周末，我见到了黄老师，加了微信，并表示能考一级时就找她上课，她回应让我加油。

考证之路，好事多磨

2018 年 5 月，家人重病的消息犹如晴天霹雳，后续近半年的时间一直奔波于家和医院之间，同时还需要兼顾工作，这使得我无法集中精力备考，考证计划一度搁浅。10 月底，家人的情况有所稳定，培训机构的老师告知国考会进行改制，建议我参加 11 月的考试，家人也鼓励我去参加，考前只有一周多可以复习，并且白天还要上班，我只能起早贪黑地把知识不停地往脑子里灌，但最终三门考试只通过了两门。

逆水行舟，不进则退。2019 年上半年只需准备一门考试，我深知这也许是我最后的机会，我不愿再重新备考三门，也担心国考改制后的各种未知，我告诉自己这次一定要把二级证书拿下！半年里，经过漫长的等待和努力，终于在 6 月底拿到了人力资源管理师二级证书。它见证了我这一年的坚持和努力，它是多么来之不易。

人力一级，如约而至

这几年有颗种子在我心里慢慢生根发芽，那就是考人力资源管理师一级，取得高级技师证书。终于 2023 年 6 月我符合了报考年限，我给黄老师发了微信："黄老师，我报考了人力一级，终于可以上您的课程了"，黄老师回复并鼓励了我。时隔五年，终于兑现了当初说的话。

拿到人力一级近七百页的课本后，心里发虚，有一种无从下手的感觉。在之后的学习备考过程中，黄老师给了很多建议和帮助，我们建了学习群，选出了正副班长，每人每天在群里反馈学习进度，由班长记录监督。线上课程结合线下冲刺复习，梳理知识要点和框架，划出重点记忆背诵。让我们少走了很多弯路并且理清了思路，对考试更有信心了。

8月下旬，我踏入浙江财经大学的考场，炎炎夏日挡不住大家考证的热情。没有轻而易举的成功，只有坚持不懈的努力！在金秋9月收到了一次性通过人力资源管理师一级考试的喜讯，并且三门中有两门取得了90多分。这一刻，所有的辛苦与付出都是值得的！能够顺利拿下人力资源管理师一级证书，离不开良师指路，离不开益友帮助，离不开家人支持，更离不开自己努力！

学无止境，继续前行

这些年身边不乏出现一些其他的声音，认为我已是上有老下有小的人了，考那么多证做什么。然而，每个人对人生价值的定义是不同的，除了拿到证书那刻带给我的成就感外，更多的是在备考中摸索出了适合自己的学习方法，认识了很多志同道合的朋友，用知识丰富自己、丰盈内心。提升取悦自我，胜过任何讨好逢迎，我自花开蝴蝶自来。同时身为一位母亲，希望能够做到言传身教，让努力学习变成一种习惯，让奋进向上变成一种品质，从而潜移默化地影响孩子。

习近平总书记提到"幸福是奋斗出来的"，"时间、历史属于奋进者"。我们要保持进取之心，不能放弃学习。希望我的故事能给考证者带去光亮和温暖，愿你们找到人生方向并坚持。伙伴们，让我们在学习中成长、奋进中成功！

46. 吴小华：逐梦之路，证书为证

工作单位：海宁市启航职业培训学校

职　　务：校长

工作地点：浙江省嘉兴市

证书情况：2014 年企业人力资源管理师一级

2019 年劳动关系协调师一级

2024 年职业指导师一级

初涉考证，梦想的种子

2008 年 11 月，一个深秋的午后，我坐在考场里，手中紧握着笔，心中充满了紧张和期待。那一刻，我的人生因一张人力资源管理师二级证书而发生了改变。那是我人生中的第一本证书，也是我踏上考证之路的起点。从那时起，我与证书结下了不解之缘，每一次的考试，都是对自我的一次挑战和超越。2014 年 5 月，企业人力资源管理师晋级成功！

随着时间的推移，我逐渐意识到，人力资源管理是一个涉及面广、知识体系复杂的领域，每一个模块都能自成一个知识体系。为了更深入地开展工作，我报名参加了浙江财经大学的职业指导师一级考试。浙江财经大学，这个在 HR 领域享有盛誉的学府，以其专业的教学方式和严谨的考试制度，成为我追求专业提升的圣地。在这里，我找到了指引，感受到了知识的深度和广度。

备考路上，温暖与力量同行

每一次备考对我而言，都是一次挑战，白天上班忙，只能利用晚上下班后的时间复习，周末的时间也要利用起来，夜深人静时还在挑灯夜战。每次想要放弃时，总要激励自己，再坚持一下，争取全部通过，不要给自己留补考的退路。一次次坚持，让我在2008~2024年相继取得企业人力资源管理师二级、企业人力资源管理师一级、劳动关系协调师一级、职业指导师一级的证书，很幸运每次考证都能一次过！

在我备考的过程中，自己的努力固然重要，外界给予我的帮助也至关重要。首先要感谢我的同事。在我备考企业人力资源管理师一级的关键时刻，由于工作繁忙，我感到压力巨大，是同事们主动帮我分担工作，让我在下班之后就能直接投入复习。其次感谢学习群里的小伙伴们，大家互相鼓励、互相解答疑惑，他们的关心和帮助，让我感受到了团队的力量。当然最让我感动欣慰的还是一直默默支持我的家人。为了备考，在家的时候都没时间做家务，而且长时间看书带来的枯燥，偶尔也会让我的脾气变得有些暴躁，但我的家人们总是会包容我的一切，给我温暖与力量！

考试当天，时光里的印记

2024年9月1日，考试当天，我带着满满的信心和一丝紧张，踏上了前往浙江财经大学的路途。到达考点后，我被浙江财经大学浓浓的考试氛围所感染，特别是考场楼下布置的照相框和横幅，让我感受到了浙江财经大学的热情与期待。

在教室门口，我看到小伙伴们都在紧张地复习，我们互相鼓励，共同度过了一个难忘的考前时光。那一刻，我明白了，考证之路，不仅是个人能力的提升，更是团队小伙伴们相互鼓励、共同前行的力量。时光里的印记，就这样深深地刻在了我的心中。

HR 之路漫漫，考证伴我逐梦前行

当我再次手握那些沉甸甸的证书时，心中充满了难以言喻的成就感和自豪感，所有的努力和付出在都得到了回报。每一次考证都是对工作中所需知识的系统学习，也是对平时工作的实践运用。证书不仅仅是一张纸，它是我对自我认知的升华，是对过去努力的肯定，更是面对未来挑战的勇气。

回首每次报考、备考和拿证的过程，就如同攀登了一座座高峰。每一次的复习，每一次的模拟考试，都是我对自己知识体系的梳理和巩固。这个过程让我明白了，学习不仅仅是为了考试，更是为了提升自我，为了在未来的工作中能够更好地应对各种挑战。

我希望每一位 HR 同仁都能在这条道路上找到自己的方向，明确自己的目标，勇敢地追求专业成长。不要畏惧困难，不要害怕失败，每一次的尝试都是一次积累，每一次挫折都是一次成长。HR 之路漫漫，这是一条充满挑战与机遇的道路。我深知考证之路并非坦途，它伴随着艰辛与汗水，但正是这些挑战，成为我们成长的阶梯，是我们在职业生涯中不断攀登职业高峰的坚实基石。

47. 吴小舟：学习不为证明能力，
有能力者都在学习

个人基本情况

工作单位： 今艺堂
职　　务： 店长兼职人事
工作地点： 浙江省杭州市
证书情况： 2024 年企业人力资源管理师一级

在快节奏的现代社会，我们常常把学习视为证明能力的手段。然而，今天我们将重新审视学习的真正意义，它是我们成长与丰富内心世界的重要途径。

近日，一项新研究显示，大多数人都在学习，而不仅仅是有能力的人。这个发现源于一次深入的调查，并揭示了一个令人深思的现象：无论我们的职业背景、教育水平或天赋如何，我们都在以各种方式进行着学习。无论是读书、做实验还是参加在线课程，每个人都在不断地积累知识，丰富自己的认知世界。

学习无处不在

在这个信息时代，学习已经无处不在。无论是在学校里、在网络上还是在生活中，我们都可以随时随地进行学习。学习不再是一种负担，而是一种享受。通过学习，我们可以不断充实自己，提高自己的综合素质，为自己未来的发展打下坚实的基础。

学习，不仅仅是为了证明自己的能力，还是为了充实自己，拓宽自己的视野。有能力的人都在学习，因为他们知道，只有不断学习，才能跟上时代的步伐。

因为自己毕业于中国美术学院美术专业，所以第一本证书考取了装饰师。毕业后，开启了一边学习一边工作的日子，工作的过程中需要接触茶叶，我便考了茶艺师证，学习了茶叶的知识，也和茶叶结下了不解之缘。同年，在家人的帮助下，开了一家与茶叶相关的礼品公司，我负责公司里面的人事、财务等工作，在这个过程中发现知识有些匮乏，真的应了那句古语："书到用时方恨少。"

学习非炫技，有益皆宜学

与炫技不同，学习更注重实用性。学习并不完全依靠天赋，只要我们有毅力并且去努力，就可以掌握任何一项我们想掌握的技能。学习的过程可能会充满挑战和困难，但只要坚持不懈，就一定能够取得成功。

经过多年的沉淀，自己的茶叶知识得到了较快的增长，并于 2019 年在杭州斗富二桥开始了自己的茶艺培训等业务。在此过程中认识了浙江财经大学的一名优秀教师，我们不谋而合，认为学习人力资源的相关知识对于工作有非常大的帮助。我不断学习与积累，在 2023 年报考了人力资源管理师一级，并于 2024 年1 月拿到证书。

学习的力量

学习不仅能够提升我们的知识水平，还能带来许多其他的好处。通过学习，我们可以开阔眼界，拓宽思维，增强创造力。学习还可以让我们更好地了解自己和他人，增强沟通与合作能力。更重要的是，学习可以让我们更加自信和勇敢，去迎接未来的挑战。每一次失败，都是一次学习的机会。学习不是为了证明能力，而是为了更好地生活。

行动起来，开启学习之旅

无论您是学生、上班族还是退休人员，都可以从现在开始，开启自己的学习之旅。不要担心起点高低、年龄大小或专业背景等因素，只要您有学习的意愿并加以努力，就一定能够取得成功。让我们一起努力，共同创造一个因学习而精彩的世界。

在这个充满挑战和机遇的时代，我们都需要不断学习。学习不仅仅是为了证明我们的能力，更是一种生活方式，是促进我们成长和丰富我们内心世界的重要途径。让我们一起拥抱学习，享受学习的过程，不断成长，不断进步。

48. 吴依萍：每次突破都是成长的蜕变

个人基本情况

工作单位： 浙江省电信实业集团有限公司
桐乡钱塘新世纪分公司

职　　务： 副总经理

工作地点： 浙江省桐乡市

证书情况： 2014 年企业人力资源管理师一级
2018 年劳动关系协调师一级

不断学习，终身成长

踏入社会，每个人都将经历从青涩到成熟的转变，转变的过程充满考验与挑战。然而，正是这一系列考验与挑战，塑造了我们的个性，让我们实现自我超越，最终破茧成蝶，迎接全新的自己。

我在 HR 领域已从业 27 年，2010 年当地人社部门推广人力资源管理职业资格证，想着"镀镀金"，于是报名参加了人力资源管理师三级的考试。本以为翻翻资料、做做卷子、走走过场，就能轻轻松松拿个证。直至踏入考场，我的书还是崭新的，但现实给了我当头一棒，让我铩羽而归。这次失败让我反思：没有播种，何来收获；没有辛苦，何来成功。我调整心态，沉下心来捧起书本，拎重点、勤刷题，终于拿到了人力资源管理师三级证书。

有了这次考证经验，接下来的考证之路就比较顺利了。2013 年和 2014 年先后取得了人力资源管理师二级证书以及一级证书。2018 年取得劳动关系协调师一级证书和培训师二级证书。同事们笑称我是个本本族。是的，这些证书是我努力学习的一个见证，也是我成长蜕变的见证。

考证之旅充满挑战与艰辛，如同蝴蝶破茧一般，而个人的蜕变与升华并非一蹴而就。

首先是跳出舒适圈。我们常常会安于现状，害怕改变带来的未知与风险。但身处竞争激烈的职场环境中，想在领域内站稳脚跟，证书非常重要。它是对专业知识的一种认可，也是开启职业发展空间的一把钥匙。所以，我们要明确坚持与努力的意义，保持动力和信心，克服后期备考的艰辛。其次是在知识海洋中应对时间的挑战。教材、试卷、知识点都需要我们花费大量的时间和精力去理解记忆。但大家都是在工作之余备考，时间有限给我们带来了极大的压力。这时，需要放松心态，并抓住碎片化的时间。可以学习犹太人把时间精确到分钟，梳理一天中有哪一些可以利用但被浪费的碎片化时间，再把我们的学习内容碎片化，这些碎片化的时间看似不起眼，累积起来却非常惊人。最后是找准适合自己的学习方法。备考前期我们主要学习知识点，根据知识点重要程度有效分配时间。备考后期勤刷真题以及多模拟考试，通过不断做题，提高答题速度和准确率。模拟考试也可以让我们提前适应考试的紧张氛围，掌控好考试时间。备考时，我喜欢去图书馆复习，那里的静谧氛围可以令我的学习效率大幅提升。

个人的成长与蜕变是一个复杂而漫长的过程，在这个过程中，我们不断地学习、挑战自我、超越极限，最终成为更好的自己。就像蝴蝶破茧，我们也将在个人成长的道路上，绽放出属于自己的光彩。

49. 肖思骏：但行好事，莫问前程

工作单位：杭州中恒电气股份有限公司
职　　务：人才发展经理
工作地点：浙江省杭州市
证书情况：2019年企业人力资源管理师一级

学习机会是我人生中第一个机会

相信绝大多数人和我一样，出生在一个普通的家庭，没上过名牌大学。虽然我们人生的起点各不相同，奋斗的终点也千差万别，但毫无疑问的是，不思进取，注定只能停留在原点。因此，任何机会中首要的是学习的机会。

曾记得大学毕业前夕，那时的我，满怀信心准备走向社会，然而历经磨难最终只获得一份月薪1700元的工作。更为悲催的是，初入社会，只身一人来到杭州打拼，懵懵懂懂地面对全新的人生阶段，难度之大，可想而知。

回想当初，梦想与现实的差距，让我一时难以接受，不服输的我暗自较劲，一心努力改变现状。在这种无助的情境下，我能做的只有改变自己。也在那个时期，我开始接触到人力资源领域的相关知识，那时的我开始疯狂地学习，可以说除了一日三餐，自己的生活费绝大部分都用在了学习上。经过两个多月的备考，我终于考出了三级企业人力资源管理师证书。还记得去应聘一家上市公司 HR 的工作时，就是因为具备相关知识和技能，才让自己在面试中脱颖而出，拿到工作机会。经过这次磨炼，我明白了一个道理：机会留给有准备的人。

越努力，才能越幸运

随后的几年，移动互联网等新兴技术迅猛发展，我所在的通信行业迎来了 4G 的大规模建设高潮。自己经过几年锻炼也成为业务骨干，被公司派往西安办事处独当一面，负责北方五个省份的招聘业务。西安办事处虽然是公司业务最大的办事处，但人力资源管理的基础很差，如何迅速地把西安办事处的人力资源管理水平提升上去，成为当时亟待解决的难题。

工作的需要倒逼着我必须恶补大量人力资源知识，也正是在这个阶段我开始大力学习人力领域更多知识。我的学习热情极其高涨，除了招聘模块，薪酬、绩效、培训等均有涉猎。那时工作压力大，有的同事甘于眼下，不愿意花时间学习，更不愿意花精力去考二级。我却不这么想，我总想着多学点总没坏处，说不定哪天就用上了。还记得考二级时，我正在西北某高校筹备校招宣讲会，是考试前一天晚上，赶着夜班飞机回到杭州参加第二天的考试。让我印象深刻的是，考实务时，有道招聘的考题，正是我把所学的人力知识结合工作的实践，并通过自己系统的阐述，才获得了评委老师们的肯定和鼓励，这让我第一次感受到专业的价值。二级也如愿考出，我也成为部门第一个考出二级证书的人，这一刻让我深深感受到越努力，才能越幸运。

自我投资才是最有价值的一笔投资

之所以对机遇和努力有如此深刻的感悟，是因为这些年的学习和考证经历，让我获得了很多"不压身"的额外技能，为我的事业发展提供了巨大的助力。特别是 2019 年考取一级企业人力资源管理师证书，让我获评杭州市高层次人才、享受到政府的礼遇和各类补助，给我带来了前所未有的"名"和"利"，某种意义上是我人生中的第一桶金。

但行好事，莫问前程。高级技师既是一种社会认同，更是一种自身价值的体现。当你真正具有这样的实力时，财富、名誉、地位就会源源不断地向你涌来，你也会变得越来越富有。

世事变幻莫测，唯有不断增长知识，才不至于被眼前的短期利益所诱惑，才不会被决定人生的真正机遇所抛弃，才不会被日新月异的时代所淘汰。正因如此，学习机会成了绝大多数普通人一生中"掘金"的第一个机会。唯有越努力，才能越幸运；反之，越懒惰，也可能越倒霉。可见，一个人最大的敌人，从来都是自己。

热爱可抵岁月漫长，在人生的这场马拉松当中，我们不可能一帆风顺，是否能够吃到这个时代的红利，往往取决于自己掌握了多少知识，是否能将知识转化为技能。我们可以做一个长期主义者，人生拼到最后，拼的就是一种长期主义的心态。

所以请记住，年轻的时候，投资自己才是最有价值的一笔投资！

50. 杨欣：追梦路上，以学为光

工作单位：浙江康氧控股

职　　务：人力资源总监

工作地点：浙江省杭州市

证书情况：2023 年企业人力资源管理师一级

2024 年职业指导师一级

一盏明灯启前路，梦想之舟起航程

回忆过去 10 年工作中的点点滴滴，从一名对职业道路迷茫不已的求职者，到如今能够自信地站在行业前沿，这一切的转变，都源于我对学习的执着追求和对梦想的坚定信念。

10 年前，我正处于职业生涯的十字路口，迷茫而不知所措。就在那时，一份职业测评报告犹如一盏明灯，照亮了我前行的道路，让我找到了自己职业的方向——HR。自那一刻起，命运之轮便开始缓缓转动，引领我走向未知但充满希望的未来，我踏上了寻找自我、实现价值的征途。为了弥补自己专业知识的不足，我给自己定下了学习及考证的计划，全身心地投入到学习中，只为了让自己更加专业、更有底气地站在这个岗位上。

三次逐梦历艰辛，挫败终迎绽放时

2017 年 5 月，我开始备考人力资源管理师二级，但那些陌生且似乎难以触及的知识点让我感到困惑；经过两次考试的失利，我开始质疑自己，陷入了消沉的情绪中。幸运的是，领导发现了我的异常状态，并给予了我鼓励和支持。同年，我在公司获得了晋升，这使得我重新找回了活力与动力。

再次拿起书本，我的心态变得平和了，考试本身不就是为了学习知识吗？只要在这个过程有所收获，能将这些知识运用到工作中，那么就已经成功了。2019 年 5 月，我终于顺利地通过了人力二级的考试，那些曾经看似不起眼的瞬间，汇聚成了我不断前行的动力。这本小小的证书，是对我无数个深夜努力学习的最好回报。

坚定逐梦路途遥，不懈攀登志更高

取得人力资源管理师二级证书后，我并没有停下脚步。在竞争激烈的职场中，只有不断学习、不断突破，才能保持竞争力。我毅然地开始了人力一级的备考之路，继续前行，向更高的目标迈进。

2023 年，随着鉴定制度的改革，我终于等来了一级的考试机会。我毫不犹豫地报了名，心中充满了对未知挑战的期待，面对理论深厚、知识点复杂的题目，只能采取最朴实的方法——反复抄写，这种记忆方式深刻且持久，不容易忘记。

在这里，我非常感谢浙江财经大学，考试当天，考点设置得非常贴心，每个细节都考虑了考生的心态和需求。监考老师们亲切而耐心，缓解了我内心的紧张与不安。

梦想如灯照航程，信念为舵志为帆

学习是一生的事业，只有不断学习、不断进步，才能适应职场的变化和发展。在职场中，我也通过了自己的努力和专业知识的积累，从人事专员一路晋升至人事总监，尽管有过无数的困难，但都没有改变我的本心和目标。与此同时，我希望通过自身去影响更多的人，用自己的专业能力帮助更多人在职场中获得成功。

2023 年 11 月，我开启了职业规划公益咨询，同时了解了浙江财经大学的职业指导师一级的考情和报考方式，又一次开始了备考之路。我相信，这会对我的职业发展有深远的意义，我可以用多年的 HR 管理经验和专业的职业知识来帮助更多人去找到热爱的方向。

在人生的长河中，每个人都是自己命运的舵手，那些无数个深夜的灯火、地铁上的匆匆身影都化作了今日我手中紧握的宝贵财富：不仅仅是那一本本沉甸甸的证书，更是那份对知识的渴望、对梦想的执着，以及面对困难永不言败的勇气。

在职业发展的道路上，没有一蹴而就的成功，也没有一帆风顺的坦途。正是这些挑战与磨砺，塑造了更加坚韧、更加成熟的我。如今，站在新的起点上，我以更加坚定的步伐，继续攀登那座属于我的高峰。心中有梦，脚下有路；不懈努力，终能触及那片属于自己的璀璨星空。我希望自己的故事能够鼓励更多像我一样在追梦路上奋斗的伙伴。让我们携手并进，在人力资源管理的领域里发光发热，共同实现我们的价值。

"路虽远，行则将至；事虽难，做则必成。"愿我们都能在追光的路上，不忘初心，砥砺前行，让生命之光因不懈追求而更加璀璨夺目。

51. 杨亚萍：时代瞬息万变，终身学习乃王道

个人基本情况

工作单位： 浙江省宁波市某商业管理公司

职　　务： 人力行政总监

工作地点： 浙江省宁波市

证书情况： 2023 年劳动关系协调师一级

2024 年职业指导师一级

考证历程

时光如白驹过隙，今年是我从事 HR 工作第 18 个春秋，从普通职员成长为人力行政总监。担任基层管理岗位期间，凭借公司规范且完善的管理体系及自身积极努力，业务能力迅速得到提升，该阶段职业发展比较顺利。

从事 HR 工作的第九年，正值在某大型集团公司宁波分公司担任中层管理岗位期间，在整合收并购公司的过程中，遇到大量劳资管理不合规问题，如不交社保、加班费发放不足、劳动合同的签订不规范等。在整合收并购公司期间，配合公司法务处理了大量的劳动争议。一边探索、一边前行。过程虽艰辛坎坷，但结果令人欣慰。

复盘思维是管理者必备利器，通过大量复盘，从工作提升出发，我们团队提

炼出了收并购整合管理手册。从个人成长角度出发，只有通过对人力资源理论知识进行系统性的学习才足以支撑我走得更高更远。考取职业资格/技能等级证书一方面可以系统性地提升专业能力，另一方面持证上岗也可以在公司内部树立专业权威。一番深思熟虑后，考证生涯就在 2016 年那个不冷不热的秋日正式开启。

一次考证，结缘浙财

2023 年 8 月，因在宁波报考高级劳动关系协调师的机构不具备设立此项考试考点的资质，故根据安排需要到浙江财经大学参加考试。第一次外出考试，我有些担忧，但考生服务群提供了全面后勤支持，让我们能安心完成三场考试，体验非常好。偶然结缘浙江财经大学后，对其人力资源产业学院有了深入的认识，结识到了知识渊博的老师和优秀的 HR 伙伴，并有幸成为 HR 俱乐部的培训讲师。

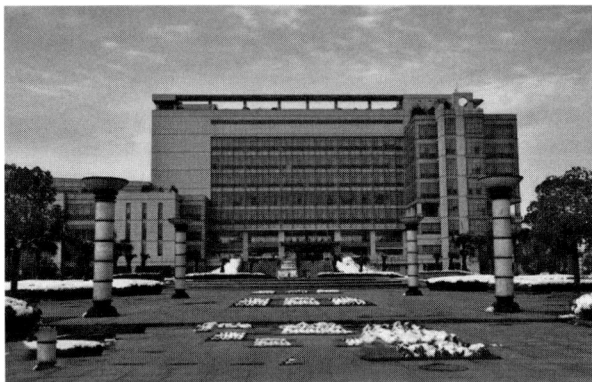

每一次备考都是一部个人史记

我一直相信命运掌握在自己手中，听天命的前提是尽人事。作为职场上的二胎妈妈，在企业里承担着战略规划、组织建设、政策制定、文化打造等重要使命，在家庭中承担着经营婚姻、抚养教育子女、赡养老人、处理人情世故等不可或缺的责任，留给自我成长的时间需要从海绵里一点点挤出来，就像一道光从缝隙里穿射。

每一次备考的关键时刻，家里总会出现各种棘手的状况，感谢彼时的自己选择了坚持。

无惧艰险，追光而行

回首这 8 年的考证打怪升级之路，感恩考证路上遇到的平台和伙伴，感恩每次备考坚定迎战、不轻言放弃、不忘初心的自己。这个瞬息万变的时代选择了我们：吾辈自当奔流不息，保持终身学习的态度，选择前行才能迎着一道又一道的光抓住每一个机会。

回首过往，皆为序章；

行而不辍，未来可期。

52. 张锦萍：考证之路——汗水与坚韧的征程

工作单位： 浙江绿洲环保能源有限公司

职　　务： 办公室主任

工作地点： 浙江省海宁市

证书情况： 2018 年企业人力资源管理师一级

备考虽艰，不弃前行

我是一个"70后"，原本从事酒店工作，2014 年半路出家踏进人事工作，当时的我没有任何工作基础和经验，只记得 CEO 和我说过一句话"懂业务的 HR 才是真正的 HR"，就这样我一心扎进人事工作。因为自己人事基础薄弱，经验欠缺，工作比较吃力。2017 年一次朋友的聚餐中，我了解到人力资源一级证书的含金量和对自己人事工作的帮助。以当时的政策我可以直接考一级，我兴奋极了，但这对于我来说挑战非常大。就这样我怀揣着坚定的决心，踏上了考证之路。

让我记忆犹新的第一堂课是黄会老师讲的，她不仅端庄大方而且博学精湛，快节奏的课程让我们时刻保持紧张状态，不敢有丝毫懈怠。每一堂课都带来新的挑战，课程内容繁重，学习的日子充满了压力。历年真题、公文筐案例等各种不计其数的题目构成了庞大的题库，每一道都是对我们的考验。

从此我放弃了所有的社交、娱乐活动，全身心地投入了备考中。白天上班，晚上学习。当夜幕降临，世界陷入沉睡，我却清醒地坐在书桌前，翻开那一本本厚重的教材。我全神贯注地阅读着、理解着、记忆着，不放过任何一个重要的知识点。时间在寂静中悄然流逝，时针缓缓指向凌晨。疲惫感如潮水般袭来，眼睛开始酸涩，脑袋也变得沉重起来。但我不能停下，我站起身来，活动一下僵硬的身体，喝上一杯热咖啡，让自己重新振作起来。因为我知道，只有付出比别人更多的努力，才能在考证的战场上脱颖而出。

荆棘满地路，终迎阳光途

到了查成绩的日子。从早晨醒来的那一刻起，我的脑海中就不断浮现各种可能的结果。我既期待又害怕，期待着自己的努力能够得到回报，害怕看到那不尽如人意的数字。我知道，无论结果如何，我都必须勇敢地面对，逃避终究不是办法。我深吸一口气，鼓起勇气，缓缓地按下了查询键，理论 56 分没有通过，我的眼泪不知不觉掉了下来……

失败的苦涩仍在口中回味，但那已成为我前行的动力。就这样第二次进攻开始了，时间匆匆而过，同样的结果再一次摆在了我的面前。我无数遍地问自己：放弃，还是继续？放弃很容易，继续还要付出很多努力。一刹那我想明白了，学习考证，不仅仅是为了一张证书，更是对自己的一种挑战和超越，我不再畏惧挑战，不再害怕困难。这一次，我将以更饱满的热情、更刻苦的努力去迎接每一个挑战。

第三次我成功了，曾经的泪水与汗水，在这一刻都化为了最璀璨的勋章。我用坚持和努力证明了自己，诠释了"失败乃成功之母"的真谛。

这一路走来，磕磕绊绊。但两次的失败让我更加坚韧，更加懂得成功的来之不易。而这第三次的成功，不仅仅是一张证书，更是对我不屈精神的嘉奖。我知道，未来的路还很长，但有了这次的经历，我将更加勇敢地面对一切挑战，向着更高的目标迈进。从此我的考证征程正式开始了，工商管理、人力资源管理学历提升，劳动关系协调师、企业培训师、客户服务管理员的证书也陆续考出，我的职业生涯就此也有了新的成长和突破。

从三次考证成功谈从业人员发展提升之路

作为一名第三次才考证成功的过来人，我想对广大从业人员分享一些关于发展提升的建议。

首先，要有坚定的信念和不屈的毅力。考证之路并非一帆风顺，我也曾两次遭遇失败，但那份对目标的执着让我坚持了下来。在职业生涯中，我们会遇到各种困难和挫折，然而只要我们坚信自己能够成功，就没有克服不了的难关。

其次，要善于总结经验教训。每一次失败都是一次成长的机会。在前两次考证失败后，我认真分析了自己的不足之处，找出问题所在，并针对性地进行改进。在工作中同样如此，我们要敢于面对自己的错误和不足，从中吸取教训，不断完善自己。

最后，要注重团队合作和交流。在考证的过程中，我与一些考友互相交流学习经验，共同进步。在工作中，我们也应该与同事们、同行老师密切合作，互相学习，共同提升。团队的力量是无穷的，通过与他人的交流和合作，我们可以开阔视野，获取更多的知识和经验。

总之，考证成功只是一个新的起点，对于广大从业人员来说，我们要不断努力，提升自己的能力和素质，在充满挑战的职业生涯中走出一条属于自己的成功之路。

53. 张静：知识改变命运，坚持铸就辉煌

个人基本情况

工作单位：顶澳（杭州）科技有限公司
（HerbSense 品牌）

职　　务：人力资源经理

工作地点：浙江省杭州市

证书情况：2024 年企业人力资源管理师一级

初涉职场，邂逅考证之路

2005 年高考之后，我踏上了职业生涯的初步探索之旅，有幸加入了一家享誉全球的 500 强企业，担任暑期实习生。这段经历虽意外地引领我偏离了传统大学教育的轨道，却为我开启了一扇全新的学习与成长之门。企业内浓厚的文化氛围，其推崇的带薪培训政策与广阔的晋升空间深深触动了我。在无数学习型员工的激励下，我毅然决然地踏上了自学考试的征途，最终圆满完成了中山大学行政管理专业的十四门课程，收获了宝贵的大学文凭。此外，我还陆续攻克了ISO9001 质量管理、OHSAS18001 职业健康安全管理、TS16949 质量管理体系等多项认证，以及初级安全主任、企业班组长等资格，实现了从蓝领工人到白领职员的华丽转身。这段历程让我深刻领悟到，知识是改变命运最坚实的钥匙。

结缘人力资源

在自学的过程中，人力资源管理这门课程如同一盏明灯，照亮了我探索人力资源管理领域的道路。尽管在备考企业人力资源管理师二级时，我经历了个人生活的重大挑战，如婚姻与生育，但我从未放弃，最终顺利通过了考试。那场紧张的二级答辩，至今仍历历在目，它教会了我如何在压力下保持冷静，也让我深刻意识到系统学习对于专业成长的重要性。随后，我毅然选择继续深造，通过浙江大学的远程教育平台，完成了人力资源管理本科的学业。其间结识的同行精英们更是激发了我不断向上的动力。在他们的激励下，我勇敢地踏上了报考企业人力资源管理师一级的征程，并最终成功登顶。

勇攀高峰，不断超越

备考人力资源管理师一级的日子里，我选择了自学这条充满挑战的道路。面对厚重的教材，无数次想要放弃，但最终还是凭借坚定的信念与不懈的努力，将知识一点一滴地内化于心。首次参加浙江财经大学的考试，我感受到了学校对考生的深切关怀与尊重，这份温暖成为我继续前行的动力。最终，我顺利通过了所有科目的考试，于2024年2月荣获了一级证书。这份荣誉不仅为我赢得了公司的嘉奖与老板的认可，还让我拥有了杭州市高层次E类人才资格，为孩子的教育之路铺设了坚实的基石。

趁热打铁

在取得人力资源管理师一级证书后，我并未停下脚步，而是趁热打铁地投身于劳动关系协调师三级考试的备考之中，并成功获得了认证。同时，我还顺利完成了《电子商务师》与《公共营养师》三级的认证，这些经历不仅拓宽了我的知识视野，也进一步提升了我的综合素质与专业能力。

对 HR 同仁的寄语

　　回望这段充满挑战与收获的考证之路，我深有感触。虽然未能踏入传统大学的校园，但我认为，这个无围墙的"校园"赋予了我更加坚韧不拔的精神与自我驱动的能力。在此，我想对所有的人力资源管理从业者说：无论身处何境，都应保持对知识的渴望与追求。证书只是外在的认可，而备考过程中的成长与蜕变才是我们最宝贵的财富。

　　正如罗永浩老师说：自我驱动，决定命运；动机落差，决定阶层。与其在门外观望、羡慕他人，不如从此刻行动起来！让我们携手并进，在学习的道路上不断前行，用知识与坚持书写属于自己的辉煌篇章！

54. 张菊霞：考证与讲师之旅的成长与感恩

个人基本情况

工作单位： 港龙股份

职　　务： 副总

工作地点： 浙江省嘉兴市

证书情况： 2012 年企业人力资源管理师一级

考证之路，开启成长篇章

2012 年，对我来说是具有特殊意义的一年。彼时，公司即将上市，为了更好地服务公司，我毅然踏上考证征程。3 月，我在嘉兴市党校报名参加人力资源管理师二级的考试。尽管身兼生产车间现场管理与人力资源管理的双重重任，工作繁忙无比，但我努力在工作与学习间寻找平衡。然而，8 月的首次考试，我因一分之差未能通过。

幸运的是，浙江财经大学的金老师在得知我的情况后，建议我直接报考一级人力资源管理师。这一建议犹如一盏明灯，瞬间照亮了我新的希望。我毫不犹豫地支付了学费差价，全力投入学习。12 月，成功通过了人力资源管理师一级考试。那一天，我邀请了来自嘉兴、桐乡和海盐的八位同学，在海宁马桥街道的土菜馆共同庆祝这份来之不易的喜悦。

这次考证经历，让我不仅在人力资源管理方面得到了成长，还结识了许多志同道合的朋友，拓宽了人脉。2012 届的同学至今仍保持联系，成了我难忘的回忆。

讲师征程，绽放别样光彩

2015 年，作为企业工会主席及马桥街道工会委员的我，同时兼任企业培训讲师及公司管理层。街道工会计划推广企业优秀讲师，鉴于企业培训一直由我主持，为了成为持证且合格的培训讲师，我又报考了二级企业培训师的认证。

经过培训后，我在企业中既担任管理者，又肩负起讲师和教练的重任，还被任命为街道三雁培训讲师。在企业培训工作中，我全心投入，把培训开展得如火如荼，成效显著。2023 年，通过我的培训，公司有 133 人成功获得技能人才认定证书。

多年来，我凭借管理经验和工作热情，为公司生产管理方面和员工技能的提升不断努力。为员工宣讲规章制度，树立榜样，培训生产管理知识，提升生产操作技能，让员工既有规矩可循，又能感受到归属感，获得荣誉感。看到员工进步后的快乐，我深感作为管理者和培训讲师的魅力，这份工作带给我快乐感、成就感和幸福感。

结缘浙财，迈向新征程

2024 年，在海宁星煜培训学校校长沈江萍老师的引荐下，我与浙江财经大学结缘。3 月 9 日至 10 日，我参加了为期两天的封闭式培训——浙江财经大学 HR 经理人 TTT 人力资源管理方向课程。浙江财经大学的吴教授为我们安排了资深金牌培训教练，理论与实践相结合，让我深入了解讲师角色的多面性，从心态理念、基础技巧到技巧应用、课程设计，每一个环节都受益匪浅。两天的培训时光转瞬即逝，我顺利取得结业证书，还被浙江财经大学聘请为浙江财经大学 HR 经理人俱乐部培训讲师。

回首这次培训经历，我深感浙江财经大学不仅提供了宝贵的知识财富，还为考生们搭建了广阔的人脉平台。在这里，我结识了各行各业的 HR 精英，他们的见解和经验为我打开了新的窗户。

十二年风雨路，触动心灵，开启新征程

在 2012 年至 2024 年这十二年间，我历经无数次培训和考证，但 2024 年在浙江财经大学的 TTT 培训经历最为深刻、最触动心灵，也是我新征程的起点，让我更加坚定地走在讲师之路上。TTT 培训结束后，吴教授为我们组建了 HR 经理人微信交流学习群，搭建线上培训平台，并邀请优秀讲师定期网上授课，让我感受到浙江财经大学无微不至的关怀和顶级服务。

在此，我要向浙江财经大学的吴教授、黄老师、王老师等各位老师们表达我最真挚的感谢。正是因为有了你们的引领和陪伴，我才得以真正走进浙江财经大学的世界，深入了解浙江财经大学的魅力和内涵。

最后，感恩这一路的成长与机遇，我将继续努力，为更多的人带来知识和价值。

55. 张康：融会贯通——人力资源理论与实践

个人基本情况

工作单位：南华期货股份有限公司
职　　务：招聘培训经理
工作地点：浙江省杭州市
证书情况：2023 年企业人力资源管理师一级
　　　　　2024 年劳动关系协调师一级

启程与选择

研究生二年级时，我毅然踏上了考取第一本人力资源管理师证书的征程。怀揣着对未来的憧憬和对专业知识的渴望，我决心在这个领域深耕。人力资源管理师考试改革后，考试由各省份组织，而我的母校浙江财经大学自然成为我的不二之选。母校不仅拥有深厚的学术底蕴，更能给予我熟悉的安全感。

感动与共鸣

在备考过程中，最让我感动的是，有如此多的人在为这个证书而努力奋斗。考场上近百人同时敲击键盘的声音，仿佛是一曲激昂的奋进之歌，既让我感到惊喜与兴奋，也让我体会到了竞争的压力与动力。

考试当天，学校的组织非常有序。考场位置的安排十分合理，便于考生快速找到。考场内的空调效果良好，为我们营造了一个舒适的考试环境。此外，学校餐厅的饭菜更是美味可口，为紧张备考的我们提供了能量补给。

回头看，轻舟已过万重山。这段备考经历让我收获的不仅仅是一本证书，更是知识的积累和成长的历练。第一次参加人力资源管理师一级考试时，我没有报班，快进考场时才发现周围很多人都报了培训班。于是，在考劳动关系协调师一级证书的时候，我果断报了培训班，以减少备考的时间成本。幸运的是，最终我顺利通过了两门考试。

理论与实践的结合

在我国，人力资源是一门理论与实践割裂相当严重的社会学科。理论在实践中往往较难落地，这使得许多人力资源从业者对理论学习缺乏兴趣。但我个人认为，理论和实践应当齐头并进。只有不断减少理论与实践之间的差距，努力让理论落地，才能发挥其真正的价值，提升我国人力资源管理水平。考取人力资源管理师证书，为构建自己的理论体系提供了良好的工具。无论是否是科班出身，通过实践后再进行系统性的理论学习，都能够引发更深入的思考。备考过程中学习的知识点常让我反思自己在工作中的实际情况，以及是什么原因导致了那些差距和问题。

经验分享与建议

给别人提建议确实是比较困难的事情，与其去建议，不如分享自己的经历。最终是否能够影响他人，还需要看缘分。我期待能够认识更多志同道合的同行，一起在人力资源管理的道路上不断探索、共同进步。

56. 张丽：人力资源证书之旅——从初心到成就

个人基本情况

工作单位：达利（中国）有限公司

职　　务：人力资源服务经理

工作地点：浙江省杭州市

证书情况：2023 年企业人力资源管理师一级

2024 年劳动关系协调师一级

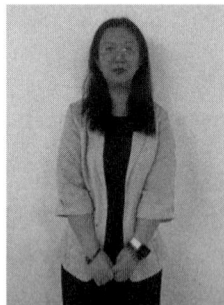

初心萌芽：人力资源师二级的起点

2013 年对我来说意义非凡。在那个充满希望与挑战的时刻，我满怀憧憬地踏上了人力资源领域的专业认证之路。首次参加人力资源管理师二级考试，那时的我，怀着对人力资源管理无尽的好奇与如火的热情。我强烈地渴望通过专业认证，全方位提升自己的专业素养，为未来的职业生涯精心铺设一条坚实稳固的道路。这次考试，于我而言，不仅仅是个人成长历程中的一个重要里程碑，更是我对人力资源行业浓厚兴趣与执着追求的生动体现。它犹如一盏明灯，照亮了我前行的道路，让我在人力资源的广阔天地中不断探索、不断奋进。

浙财之选：职业技能等级认定的信任与期待

在随后的职业生涯中，我不断寻求提升自己的机会。当得知浙江财经大学开展职业技能等级认定时，便毫不犹豫地选择了参与。浙江财经大学作为国内知名的财经学府，其严谨的学术氛围与优质的教育资源深深吸引了我。我相信，通过该校的职业技能等级认定，我能够更全面、更深入地掌握人力资源管理的精髓，与更多行业内的精英交流学习，拓宽自己的视野与思路。目前也在为 2025 年的研究生之行做准备。

备考岁月：家庭与梦想的双重挑战

备考期间，我的生活充满了挑战与不易。作为一位有两个小孩的母亲，我需要从繁忙的家庭生活中挤出时间进行复习。每当夜幕降临，孩子们入睡后，我才得以拥有属于自己的宁静时光，进行深入的复习。同时，我坚持每天早起，从 6：30 之前的那段宝贵时光里，我抓紧每一分每一秒，努力将所学知识内化于心。虽然这段日子充满了疲惫与不易，但每当看到孩子们熟睡的脸庞，以及自己逐渐提升的专业技能，就会感到无比的充实与满足。

浙财之行：认定考试的高光时刻

终于，在 2023 年与 2024 年，我相继通过了企业人力资源管理师一级与劳动关系协调师一级的认定考试。考试当天，我怀着一颗既紧张又期待的心来到了浙江财经大学。校园里绿树成荫，学术氛围浓厚，让我感受到了浓厚的学术气息与庄重的考试氛围。在考场上，我全神贯注，将所学知识融会贯通，结合 10 多年的实战经验，尽全力发挥出自己的最佳水平。走出考场的那一刻，我深知，这段备考与考试的旅程不仅是对我过去努力的肯定，更是未来职业生涯的一次全新启航。

回首这段人力资源证书之旅，我收获满满。从初心萌芽到成就满满，我经历了从无知到专业、从迷茫到坚定的蜕变。未来，我将继续秉承初心，不断提升自己的专业素养与综合能力，为人力资源领域的发展贡献自己的力量。

取得证书后的感受

当我手捧沉甸甸的证书，内心的激动与喜悦难以言表。这不仅是一份荣誉，更是对自己的付出与坚持的最好回报。证书的取得，让我更加深刻地认识到，无论在哪个领域，持续精进学习和自我提升都是通往成功的必经之路。同时，它也让我更加自信，无论是面对工作中的挑战还是未来的学习发展，我都能够从容不迫、勇往直前。

备考与拿证过程的启示与帮助

本次报考、备考和拿证的过程，对我来说是一次全方位的成长与提升。备考期间，我不仅系统地学习了人力资源管理的相关知识，还学会了如何高效管理自己的时间和精力。这种自我时间管理水平的精进，不仅让我在备考过程中游刃有余，也给后续的工作和学习带来了极大的帮助。我学会了如何在繁忙的工作中抽出时间进行学习，如何在有限的时间内最大化地提升自己的专业素养。此外，证书的取得也让我更加清晰地认识到自己的职业发展方向和目标，为我未来的职业生涯规划提供了有力的支撑。

回望证书之旅，汗水与坚持铺就每一步，挑战铸就坚韧。证书认可过往，开启未来无限可能，照亮前行路，增强自信。未来我也将热情坚定，深耕人力资源，为企业添活力，与同行共进步。

57. 张帅云溪：二胎妈妈的备考之路

个人基本情况

工作单位： 义乌市城市建设发展有限公司

职　　务： 职员

工作地点： 浙江省义乌市

证书情况： 2023 年企业人力资源管理师一级

35 岁的中年危机，就像一把达摩克利斯之剑，悬在每一个职场人的头上。而我还在 35 岁来临之前要了个二胎，漫长的产假结束后，回归职场，真的多了很多不适应、不习惯。我对职业道路感到很迷茫，甚至想回归家庭，放弃工作，做一个家庭主妇。

但是，我又很不甘心。因为我高中是市重点，本科是 211，而且生一胎前还考上了在职研究生。一胎产假结束后投入研究生毕业论文的写作之中，当时老公被外派了，我既要熬夜带娃，又要上班，还要写论文，那时候都没有放弃，现在更不能放弃。

拿到研究生学位证的时候，刚好公司给我安排人资这块的工作，本着干一行学一行、边学边做的态度，当时立马在本市报考了人社局组织的二级企业人力资源管理师的考试，这个考试还包括面试。带着学习和进步的目的，考试和培训给我的职业生涯打开了新通道。

每一次学习机会我都很珍惜。因为公司的行政和人事是混杂在一起的，我当时基本上是一肩挑，而且很多事情没有人教，需要自己去梳理。领导只问结果并不关心过程，工作都需要自己去摸索。通过考试培训我遇到了很多同行前辈，进行了系统的学习，提高了我的专业性和逻辑性，帮助我解决了很多工作中的实际问题，理顺了工作思路，提高了工作效率。

二胎出生时是新冠疫情最严重的时候，当时我们的工作节奏也都被打乱了，我对工作产生了迷茫。但是老公和爸妈给了我很大的支持，坚持请育儿嫂、让我早点断奶，坚持让我继续上班，让我不要放弃职业赛道，让我重燃了边学边干的想法。

然后，我联系了考二级时给我讲课的老师，也非常感谢她给我推荐了杭州的培训机构。系统的培训让我对人资这个行业有了更深的认识。之前二级培训主要是教我们从薪资、招聘、绩效等方面去处理问题，一级培训则直接上升到了公司层面上，拓宽了我们的眼界和思考的角度，使我们思考问题更加全面、更加宏观，能够透过现象看本质。

学、思、行上的结合，让我受益匪浅。虽然每次上课都是周末，但是走高速到杭州也要两小时。也有朋友问我："现在有两个孩子，老公在外打拼，家庭条件还算不错，为什么还要这么拼？而且就算考出这个证也不一定会有升职加薪的机会。"但是我不后悔。

因为刚休完产假，我的身体状态并不是很好，记忆力直线下降，体力和精力明显跟不上，上课讲过的内容很容易忘记，我只能在陪孩子做作业的时候或者工作之余多翻书，多做题。第一次考试，理论没过。第二次我提前一个月，天天刷题到 11 点，理论分从原来的不及格刷到了 87 分。拿到证书的那一刻，我感觉付出是值得的。

回看这一路，我珍惜且不后悔。向前看，才能向前走。永远不要放弃努力、学习、积累、沉淀。生活虽然很累，但请不要放弃自己。

58. 张新明：HR 菜鸟
"华丽转身"——王者归来

个人基本情况

工作单位：浙江瑞佳亿物业管理有限公司

职　　务：人力资源总监

工作地点：浙江省桐乡市

证书情况：2018 年企业人力资源管理师一级

我的 HR 一级考证之路

1992 年参加工作，在桐乡乡镇一所初中任教并担任班主任，2006 年到桐乡市的一所公办民工学校初中部任教并担任首届班主任。2010 年 5 月通过网站招聘去了一家外资公司（伊士曼化工桐乡有限公司）做人事行政管理。在工作中，越来越感觉我的 HR 专业知识、技能欠缺，2014 年看到上海企业落地师培训（获悉深圳、上海、杭州有 HR 一级人才政策），更加坚定了我的考证之路。

我想分享一下我的考证过程，希望对要考证的 HR 有所帮助。2014 年 10 月中旬拿到培训学校的课本和复习资料，我每天先将课本分章节看两遍，然后做练习，对整个考试内容有了一个总的认识，做到了心中有数。结合实际工作，可以找到自己不熟悉的模块，这也是我考证的目的之一：学习并完善 HR 理论系统。2015 年第一次考试（7 月和 10 月）一级过了 2 门，卡在理论这门课上。第一次考试以失败告终。

一直到了 2018 年 5 月，我再次开始备考。考试前集中面授的几天是重中之重，因为知识点比较多，这时候通过前期的复习，已经到了课本由厚到薄的过程，合上书各个章节知识点要烂熟于心，针对自己的薄弱环节做重点复习。历年的考题要认真做，答案要自己动手去找，多和授课老师交流或和一同考试的同学交流互助。实操题则需要多结合实际工作经验，除了简答题，其他的题都可以结合书上的知识点再拓展到实际工作中，能牵连的知识点都写上。实操题还有一个要点就是一定要快速写，不能思考太久，不然时间就不够了。公文筐也是一样，要有下笔如有神的感觉，每个问题先写上 8~9 条，等全部写完后如果还有时间再写上 2~3 条，这样每个题就有 10 条或以上了。其实只有公文筐这一项真正体现了人力资源中的管理。站在全局的立场，将 10 个文件联系起来，结合自己的实际工作经验和相关理论，这考核的是处理问题的能力以及运用各个章节知识点的能力。根据历年的题目总结、归纳出解题的思路和步骤。

最后说一下考试，考试的时间相当紧张，知识点掌握好了，时间才会够。后两门考试的时间也紧张，特别是大题，考的知识点多，思考的时间就会少，会的尽量往上写但要注意条理性、知识点的完整性和卷面整洁。以上是我一级考证的过程，希望对考证的 HR 有所帮助。祝考证的 HR 们顺利通关，通过之日必是华丽转身！

终身学习，永无止境

2018 年 10 月，我很幸运地通过了企业人力资源管理师一级考试（国考，后政策调整为省考），当年我获得了市人才奖励 3 万元，名利双收。虽然没有高分，没有非常漂亮的成绩，但通过了，就值得开心。下面我就分享一下我考取证书后的感悟。

一是非常感谢黄会老师、冯智明老师以及一起考证的 HR 们，一起走过考证历程，互相勉励，永不放弃，共同提升。

二是在取得一级后的思考。我在这个领域，已经达到了 HR 证书的天花板，接下来我们需要做点什么呢？除了对自己工作、学习发展有所帮助外，也希望为家里的孩子树立榜样，同时引领本地同行，突破瓶颈，整体提升。

　　三是考取证书的过程，也是自我提升的过程。工作能力提升，职务调整，薪资福利改善。现在不是在学习中就是在学习的路上，学无止境，共勉之！

59. 张宇杰：成长之路

个人基本情况

工作单位： 义乌晟捷企业管理咨询有限公司
职　　务： 总经理
工作地点： 浙江省义乌市
证书情况： 2024 年劳动关系协调师一级

结 缘 浙 财

在对人力资源管理不断探索的过程中，我深刻体会到了持续学习的重要性。浙江财经大学作为一所享有盛誉的高等学府，在经济、管理等领域拥有雄厚的师资力量和先进的教学资源。当得知浙江财经大学成为企业人力资源管理师和劳动关系协调师的考点时，我仿佛看到了前行的曙光。我毅然决定以浙江财经大学为新的起点，开启我的专业提升之旅。走进浙江财经大学，那浓郁的学术氛围、现代化的教学设施以及老师们的专业素养和敬业精神，都让我深受震撼。在这里，我结识了许多志同道合的伙伴，我们共同探讨人力资源管理的热点问题，分享实践经验，互相学习、共同进步。浙江财经大学为我提供了一个广阔的学习平台，让我能够在人力资源管理这一领域不断深耕。

考证历程

确定参加企业人力资源管理师一级和劳动关系协调师一级考试后，我便全身心地投入备考之中。首先，我对考试大纲进行了深入分析，明确了考试的重难点。针对人力资源规划这一模块，我深入研究企业战略与人力资源战略的匹配度，运用SWOT分析等工具，为企业制定科学合理的人力资源规划。在招聘与配置环节，我注重人才选拔的科学性和有效性，通过建立胜任力模型等，选拔出最适合企业岗位需求的人才。在员工培训与开发方面，我积极探索多元化的培训方式，以提升员工的专业技能和综合素质。绩效管理是人力资源管理的核心环节，为此，我深入研究关键绩效指标（KPI）的设定与考核方法，确保绩效评估的公平性和有效性。在薪酬管理方面，我结合企业实际情况，设计具有竞争力的薪酬福利体系，以吸引和留住优秀人才。在劳动关系管理方面，我熟练掌握相关法律法规，积极协调企业与员工之间的关系，构建和谐稳定的劳动关系。备考的过程虽然充满艰辛，但我始终坚信，只要付出努力，就一定能够取得成功。最终，我发挥出色，顺利考取了企业人力资源管理师一级证书和劳动关系协调师一级证书。

学无止境

考证让我深受启发，让我深知持续学习在人力资源管理领域的重要性。这个领域不断发展变化，新的理念和技术持续涌现，唯有保持学习热情，不断更新知识体系，才能立足。同时，我也明白专业素养的提升是一个长期的过程。每一个知识点的掌握、每一次实践经验的积累，都在推动自己迈向更高水平。不能因一时的成就而自满，应把考证当作新起点，持续探索。

此外，考证还让我体会到了团队合作与交流的价值。备考中与同行交流，拓宽了视野，让我学会从不同角度看待问题。未来，我会更积极地与他人合作，推动人力资源管理事业的发展。总之，考证经历是宝贵的财富，激励我不断前行。

60. 金林林：不必借光而行，你我亦是星辰

个人基本情况

工作单位： 浙江亚特电器股份有限公司
职　　务： 绩效主管
工作地点： 浙江省嘉兴市
证书情况： 2023 年企业人力资源管理师一级

我大学所学的专业是工商管理，毕业后一直从事销售员、订单员等类型的岗位，对自己的未来没有好好规划，一干干了五六年。到三十岁左右，忽然觉得，这样的日子有点蹉跎人生，碌碌无为而且一眼望到头，才开始考虑转行做 HR。

古人言三十而立，努力且有规划的人到三十岁或已小有成就或已大有作为，大多数人都说三十岁再做人生规划、跳出自己的舒适区转行做 HR 有点晚。但古人也说：天下事，困于想，破于行。我想，人的一天投入了大部分时间在工作中，总要干点自己喜欢的，三十而已，只要开始行动，犹未晚矣。没有专业知识储备和任何相关工作经验，2017 年，我跳槽到一个比较小的公司做人事，以小企业为跳板，边干边摸索。同时开始考企业人力资源管理师二级，以快速掌握专业知识。二级我完全是靠自己备考，第一次过了两门，技能实操没有过。虽然没有一次通过，但是储备了相关的基础理论知识。2018 年我进入目前所就职的公

司，12 月通过了技能实操的考试，拿下了企业人力资源管理师二级证书，既实现了能力的提升，也获得了公司提供的技能提升津贴。我想，人生所有的努力，都会在某一天或者某一个点上得到展现、获得认可。

2023 年，我选择参加浙江财经大学的人力资源管理师一级认定，9 月报名 11 月考试，两个月，时间紧任务重。这两个月也是一年中最为忙碌的两个月，9 月至 11 月，几乎每天晚上都加班到八九点。在一级考试群里有的小伙伴已经在看第二遍书的时候，我一半都没有看完，那时候内心非常焦虑。没有时间怎么办？挤！我把老师讲的课以音频的形式存到手机中，每天上下班路上听一听，下班回家再晚也坚持看半个小时的书，伴着所存的音频入睡。在考试前半个月左右，参加完现场培训后，我将老师讲述的重点整理成了音频文件，并在上下班路上反复听记，我觉得这个方法很适合像我这种时间非常紧张的人。

考试当天，我感受到了浙江财经大学对考生们满满的爱意和鼓励。考场外备考时，有摄影师为努力备考的我们拍照记录。考完后，老师们还安排了点心包。我印象最深的是，点心包里有一个橘子，我当时拍照分享到了朋友圈，并配文："大吉大利，考试顺利。"自 11 月 26 日参加考试到 12 月 7 日公布成绩，这个橘子我一直放在我办公桌的电脑旁。成绩公布后，我把考试成绩和这只幸运的橘子拼图发了朋友圈，并配文："大吉大利，考试通过。"真心感谢浙江财经大学人力资源产业学院所提供的考试服务，感谢一级考试群里这么多优秀小伙伴的陪伴，感谢努力前行的自己。

最后，我想对各位 HR 小伙伴说，为者常行，行者常至。我们经常看到很多人说我在这家公司学不到东西、得不到成长，但其实要想成长，得从自己出发。成年人一定要思考如何去发展，如何让自己成长，要知道从哪里来，到哪里去。鸡蛋一定要从里面破壳，才有成功孵化的可能。考证最大的作用是以考促学，督促自己快速汲取基本知识，快速掌握方法论和原理。然而，将所学与实际工作相融合，才能真正实现自我能力的提升。学习的途径不只是考证，也不止于考证。不断学习，遇见最好的自己，做自己的光，你我皆是星辰。

61. 林晶晶：浙财记忆与成长启航

个人基本情况

工作单位：胡庆余堂
职　　务：健康管理师
工作地点：浙江省杭州市
证书情况：2018 年企业人力资源管理师一级

备考启航

我的人力资源管理师证书备考之旅，始于对职业规划的一次深思熟虑。几年前，我意识到在快速变化的职场环境中，掌握专业的人力资源管理知识将成为我职业生涯的重要助力。因此，我决定从考取第一本人力资源相关证书开始，正式踏上这条自我提升的道路。

选择浙江财经大学进行职业技能等级认定，是基于其对教育质量的严格把控和专业师资力量的高度认可。浙财作为财经类院校的佼佼者，其人力资源管理课程不仅理论与实践并重，而且更注重培养学生的综合素质和实战能力，这正是我所追求的。我坚信，在这里的学习将为我日后的职业发展奠定坚实的基础。

备考征程

备考过程中，最让我感动的是那些默默支持我的家人和朋友。他们不仅在我疲惫时给予鼓励，还在我遇到难题时积极提供帮助。特别是我的一位同事，她虽是资深 HR，却不吝赐教，耐心解答我在备考中遇到的所有疑问。这些温暖的力量，让我在备考路上不再孤单。

终于，考试的日子来临。我怀着紧张又期待的心情来到浙江财经大学。校园内绿树成荫，学风浓厚，让我瞬间感受到一股静谧而庄重的氛围。考试当天，我严格按照考试流程，沉着应对每一道题目。虽然过程中不乏挑战，但那份对知识的渴望和对未来的憧憬让我始终保持着积极向上的心态。

收获与展望

拿到一级人力资源证书的那一刻，我内心的激动难以言表。这不仅仅是对我过去努力的一种肯定，更是对未来无限可能的期许。我深知，这张证书只是我职业生涯中的一个新起点，前方还有更长的路要走。

本次报考、备考和拿证的过程，不仅让我系统地掌握了人力资源管理专业的知识，还锻炼了我的学习能力和时间管理能力。这些宝贵的经验将对我后续的工作和学习产生深远的影响。我相信，在未来的工作中，我能够更加自信地应对各种挑战，为企业的人力资源管理贡献自己的力量。

对于其他 HR 从业人员而言，我建议大家也要不断学习，紧跟行业动态，提升自己的专业素养。同时，也要注重实践经验的积累，将所学知识应用于实际工作中。只有这样，我们才能在激烈的职场竞争中脱颖而出，实现个人与企业的共同成长。

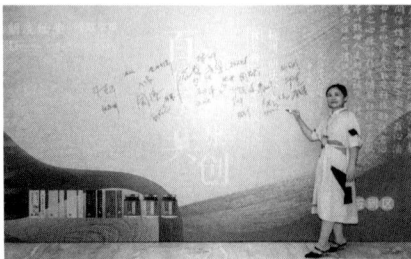

62. 易晓：跨界、挑战、认证，我的不凡蜕变

个人基本情况

工作单位： 宁波市奉化新奉人力资源有限公司

职　　务： 人事经理

工作地点： 浙江省宁波市

证书情况： 2023 年企业人力资源管理师一级

转折启航，圆梦人力

2015 年 7 月，我职业生涯的转折点悄然而至，从市场营销岗位跨越至人事岗位，这标志着我正式踏入了梦寐以求的人力资源管理领域。尽管高考时未能如愿进入人力资源管理专业，但我却在八年后以实践者的身份进入了这一领域。随着对人力资源管理工作的深入了解和实践经验的积累，我越发感受到了系统学习专业知识的重要性。于是，2017 年，我毅然决然地踏上了考取人力资源管理师证书的道路。在浙江佳龙人力资源有限公司组织的培训中，黄会老师的悉心指导如同灯塔，照亮了我前行的道路，最终，我顺利通过了企业人力资源管理师二级的考试。

勇攀高峰，一级在望

获取人力资源管理师二级证书只是我学习旅程的一个站点，我的最终目标是攀登企业人力资源管理师一级的高峰。经过不懈的努力，我终于通过了一级考试，获得了高级技师资格，这不仅为我申报宁波高级人才铺平了道路，更是我职业生涯中一份沉甸甸的荣誉。

备考温情，铸就辉煌

备考之路，是一段令人难忘的旅程。在这条路上，我深深领悟到了"一分耕耘，一分收获"的厚重真谛。思想上，我如临深渊，如履薄冰，高度重视每一个细节；行动上，我勇往直前，不懈追求，利用一切可以利用的时间和机会。

在这段旅程中，我有幸成为浙江佳龙人力资源有限公司的培训师，站在讲台上，我不仅是知识的传播者，更是成长的见证者。每一次讲学，都是我对知识的一次深入探索，更是对自己知识体系的一次巩固与提升。

考试激情，意犹未尽

考试那天，我和众多志同道合的考生一同踏入了考场。现场的氛围紧张而热烈，考生们摩拳擦掌，准备一展身手。考试中，我的大脑像一台高速运转的机器，不断地在人力资源的知识海洋中遨游。考场内，键盘的敲击声此起彼伏，那是我们与知识较量的声音，是奋斗与梦想的交响曲。如今回想起那一刻，心中依然充满了激动与自豪。

收获喜悦，自豪满溢

当成绩公布的那一刻，我正驱车行驶在夜色中，微信群里的消息如同一道闪电，击中了我的内心。我赶紧找到最近的服务区，紧张而激动地查询成绩，当看到成绩的那一刻，心中的石头终于落地了。这份成绩不仅是对我努力的肯定，更是对我未来职业生涯的一份期许。我迫不及待地与家人分享这份喜悦，他们的赞赏让我倍感欣慰。

备考历练，影响深远

回顾整个考证的过程，不仅让我系统地掌握了人力资源管理的各个模块的知识，更让我学会了如何将理论与实践相结合，为工作中遇到的问题提供科学的解决方案。同时，这段经历促使我不断拓宽学习范围，为成为复合型 HR 人才打下了坚实的基础。一级人力资源管理师证书不仅增强了我的职业竞争力，更为我未来的职业发展提供了较大的助力。

以梦为马，不负韶华

在知识的海洋中扬帆远航。在人力资源管理这片浩瀚的知识海洋中，我深知自己只是拾贝者之一。因此，持续学习成了我职业生涯中不可或缺的航标。我将积极投身于专业培训、行业研讨会、前沿在线课程以及那些能够启迪思维、拓宽视野的书籍之中，不断汲取新知，让自己在知识的浪潮中乘风破浪，永不止步。

自我审视，梦想启航。在职业生涯的征途中，时刻保持一颗谦逊的心，定期进行自我审视与反思，认识自己的优势与不足，制订个性化的成长计划，不断挑战自我，追求卓越。同时，以梦想为帆，以努力为桨，勇敢地驶向未知的海域，探索无限的可能，让自己的职业生涯在不懈的追求中绽放出绚丽的光彩。

总之，企业人力资源管理师一级证书只是我职业生涯中的一个重要起点，在未来的日子里，我将以梦为马，不负韶华，继续在知识的海洋中扬帆远航，在业务的舞台上乘风破浪。愿这些经验与感悟能够为其他 HR 同行提供有益的借鉴与启示，共同书写人力资源管理事业的辉煌篇章。

63. 周春爱：跨越专业，以考证成就 人力资源梦想

┌ 个人基本情况

工作单位： 某新能源上市公司

职　　务： 薪酬与员工关系部总监

工作地点： 浙江省杭州市

证书情况： 2023 年劳动关系协调师一级

2023 年企业人力资源管理师一级

职场转型，从"门外汉"到"内行人"

大学毕业后半年，学理工的我因机缘巧合进入了陌生的劳资工作领域。我没有基本的人事管理知识，对于"琳琅满目"的各级劳动法律法规更是如坠云雾之中，活脱脱一个"门外汉"。工作的头两年，我除了研读每年度的法规汇编，如饥似渴地参加劳动人事部门组织的业务会议和培训外，还积极考取了一系列劳动人事管理证书，如企业劳动管理上岗证、劳动争议调解员证书等，并将所学知识在工作中进行应用。就这样，我逐步入门，渐渐地能熟练完成各项事务性工作。随着现代人力资源管理的不断发展，在与其他大型企业同行的交流中，认识到了原有事务性工作的可替代性及我在专业理论层面的短板，继而对未来的职业

发展产生了极大的危机感。为了让自己在人力资源生涯中走得更深更远，从2003年开始，五年内相继考取了经济师、二级企业人力资源管理师证书，并参加了浙江大学人力资源管理方向的学历进修。密集的理论知识学习与强化，为我中后期的职业生涯发展奠定了扎实的基础，我渐渐地成为同仁们眼里的"内行人"，直属领导心中可信赖的"骨干"。

重拾考证，为自己进行能力"定级"

此后，我的工作广度与深度得到了拓展，并多次获得了职务晋升。由于工作更加繁忙，加之忙于孩子的学业，个人精力有限，所以长达十几年未再考证。但我并未停止学习，我在公司薪酬体系、任职资格、绩效管理、企业管理变革、人力资源信息化系统建设等管理项目中担任项目负责人或核心成员，通过向项目老师学习、向业界优秀同行取经、从专业书籍中汲取相应知识等方式，不断强化专业知识和技能，同时也获得了宝贵的企业管理实践经验。近几年，我一方面获悉了高级技师或高级职称对将来的退休待遇有影响，另一方面觉得这么多年的工作积累，也是时候需要通过技能等级考试或高级职称评审的结果来为自己的能力"定级"。于是2023年在收到了朋友邀请后，立即踏上了考证之路，考取了一级企业人力资源管理师和一级劳动关系协调师证书。

学习，努力付出必有收获

对于学习、考证，我始终抱着严谨认真、水到渠成的态度。年轻时，我只需自学就能轻松考过。而在当下这个年纪，我选择了参加培训班进行备考。一级企业人力资源管理师中的备考知识点比较繁杂，所以我制订了学习计划；读了厚厚的考试用书；做了关键知识点的整理、摘抄，每一节网络课程都听得很仔细，现场授课也一次不落地参加。几轮下来，通过自学、老师讲授和大量的题目练习，脱离机械地死记硬背，结合多年实践工作经验进行理解，扎实地掌握了各项知识。而一级劳动关系协调师中的内容恰好是我最擅长的模块，所以只需串联知识点，并将老师给的题库进行练习即可。"只要功夫深，铁杵磨成针。"最终在一年内一次性通过了双证考试，异常自豪。可见，成功不会凭空而来，只有付出足够的努力才能收获甜美的果实。

考证，收获的不仅仅是证书

考证不仅能获得证明能力的证书，还能成为一个强有力的学习驱动力。历次备考学习不仅促使我深入、系统地再次加深对理论知识的理解，为我已构建的现有知识体系提供必要的补充，还能将所学理论与实践相结合，进行相互印证。尤其是当某个知识点恰好解决了我在当前工作中所遇到的一个困惑点时，我便真正地感受到了学习的快乐。虽然最终确认了职业技能等级未纳入企业退休高工待遇的享受范围，但我一点也不后悔这一年的付出，因为成长是实实在在存在的。

最重要的是，我有幸结识了众多充满激情且专业的老师和 HR 朋友。在共同学习和备考期间，我们是"战友"；考证结束后，我们是"朋友"。在浙江财经大学人力资源产业学院搭建的平台中，我们可以随时进行专业交流和互动，共同启发，收获灵感。

谁说，我们只是拿了本证书呢？

64. 竺涌泉：自我挑战与成长的心路历程

个人基本情况

工作单位：某人力资源公司
职　　务：人力资源咨询顾问
工作地点：浙江省杭州市
证书情况：2023年企业人力资源管理师一级

在职业生涯这一广阔无垠的舞台上，每个人都是自己的导演与主角。而我选择了成为一名资深的人力资源管理者。在追求梦想的征途中，我曾遭遇迷茫与挑战，但幸运的是，我邂逅了众多良师益友，他们如同明灯，为我驱散迷雾，指引方向。此后，我通过坚持不懈的学习以及参加认证考试的方式，不断精进自我、丰富知识、提升技能。这不仅是专业技能的磨砺，更是一场心灵的修行与成长。

初识梦想，心生向往

尽管大学期间也涉猎了管理类课程，但我对人力资源的理解仅限于招聘、薪酬计算和劳动纠纷处理。一次偶然的机会，我转岗到了人力资源部，开始接触人力资源管理。在从事人力资源管理的过程中，我有幸遇到了几位在人力资源领域卓有成就的大师，他们凭借卓越的领导力、精湛的专业技能，深深地震撼了我。他们在解决企业管理问题时，如妙手回春的神医；在做职业生涯规划时，如指引迷航者的智慧禅师；在解决员工问题时，又如启迪心灵的良师；让我内心充满了敬仰与向往。他们如同灯塔，照亮了我的职业道路，使我毅然踏上了人力资源管理者的成长之路。然而，梦想与现实之间的距离总是需要用汗水来填补。首先要迈出的第一步，就是人力资源知识与技能的积累。导师们建议，可以通过专业的人力资源等级考试来搭建自己的知识体系。于是，2015 年，我踏上了三级企业人力资源管理师的考级之旅。

备考初期，迷茫与挑战

备考初期，面对浩瀚如海的知识点，我感到前所未有的迷茫和挑战。人力资源规划、招聘与配置、培训与开发、薪酬福利设计、绩效管理等，每一项都需要深入理解和灵活应用。夜深人静时，我常常独自坐在书桌前，面对厚厚的教材，心中既有对未来的憧憬，也有对未知的恐惧。但每当这个时候，我都会提醒自己，每一个伟大的梦想都始于微不足道的开始。

持之以恒，渐入佳境

随着时间的推移，我逐渐找到了适合自己的学习方法。我将复杂的理论知识与实际工作案例相结合，通过实操加深理解。同时加入线下的学习小组，与志同道合的伙伴们相互激励，共同进步。在这个过程中，我发现，原来枯燥的理论也可以变得生动有趣，而每一次的困惑与突破，都变成了自我成长的宝贵财富。

面对挑战，勇敢跨越

从三级至二级乃至一级，这条路并非一帆风顺，尤其是面对高级别的考试时，难度更是成倍增加。记得备考人力一级时，我几乎将所有的业余时间都投入了学习中，每天晚上挑灯夜读。那段日子，压力如影随形，但我从未想过放弃。因为每一次的坚持，都是对自己能力的肯定，也是向更高目标迈进的坚实步伐。

收获成果，展望未来

经过不懈的努力，我顺利通过了考试，取得了一级企业人力资源管理师的证书。当成绩出来的那一刻，所有的辛苦都值得。考级让我更加深刻地理解了人力资源管理的精髓，也让我在职业生涯中获得了更多的机会与认可。更重要的是，这段经历教会了我坚持与勇气，让我明白，无论未来面对何种挑战，只要心中有梦，脚下就有路。我相信，只要保持学习的热情，勇于探索未知，每个人都能在自己的领域绽放光芒。考级不仅是对过去努力的总结，更是对未来发展的铺垫。

对其他HR从业人员发展提升的建议

对于HR从业人员来说，我认为以下几点是提升自我、实现职业发展的关键：

职业规划：HR从业者应该对自己的职业生涯进行规划，明确自己的职业目标和发展方向。

持续学习：人力资源管理是一个不断发展和变化的领域，新的法律法规、技术和方法不断涌现。因此，HR从业者应始终保持对新事物的好奇心和探索精神。

实践经验：HR从业者应该积极参与企业的实际项目和工作，将理论知识与实践相结合，不断提升自己的实际操作能力和解决问题的能力。

沟通能力：人力资源管理涉及与不同层级、不同背景的员工进行沟通和协作。因此，HR从业者应提升自己的沟通能力，以建立和谐的人际关系，推动工作的顺利开展。

创新思维：在快速变化的市场环境中，HR从业者需要不断探索新的管理方法和工具，以应对企业面临的挑战和机遇。

65. 郝春艳：点亮未来——我的考证追光之旅

个人基本情况

工作单位： 恒生电子股份有限公司

职　　务： 组织发展经理

工作地点： 浙江省杭州市

证书情况： 2024 年企业人力资源管理师一级

跨越山海的初体验

我的考证之旅始于大四，那时，我怀揣对专业的热爱和对未来的憧憬，决定考取人力资源管理师四级证书。然而，由于所在城市不支持在校大学生考取此证，我毅然选择跨省前往青海。那个清晨，寒风凛冽，我踏上了前往考场的路。考试结束后，我漫步在公园，惊喜地发现，那盛开的花朵正如我内心的喜悦，绚烂而热烈。这次跨省考试，成了我考证之路的起点，也是我人生中的一次宝贵经历。

攀登知识的高峰

毕业后，我并未止步于四级证书。我一步步向上攀登，从三级到二级，最终考取了一级证书，站在了巅峰。每一次考试都是一次全新的挑战，每一次挑战都让我更加成熟和自信。在浙江财经大学考取一级证书时，我仿佛又回到了学生时代，作为一个已经毕业近十年的职场人，重新拾起书本的感觉既陌生又熟悉，但那份对知识的渴望再次被唤醒。我在夜深人静时复习，窗外的月光洒在书本上，照亮了我奋斗的轨迹。这些挑灯夜读的日子，这些在办公桌前默默奋战的时光，让我重新找回了学生时代的那份纯粹的热情与执着。这段经历让我深刻体会到：学无止境，每一次努力都是自我提升的契机。在这个过程中，我逐渐意识到，考证不仅是为了丰富履历，更是为了通过官方认证，进而系统地提升自我能力。每一次考试，都是一次自我提升的机会；每一张证书，都是对自己努力的最好见证。

追光之旅：回望与前行

在考证的这条道路上，我见证了自己的成长与蜕变。从青海的花海到浙江的书香，每一段旅程都给我留下了深刻的印记。我感激每一个曾经奋斗的夜晚，它们让我成为更好的自己。虽然过程充满艰辛，但每当回望来时的路，我总能感受到一种深深的满足与骄傲。因为我知道，正是这些不懈追求的日子，让我成为今天的自己。

对于同样在考证路上或即将踏上这条道路的朋友们，我想分享一些心得：在学习上，首先是制订详细的学习计划，并严格执行。这将帮助你更好地掌握知识点，提高学习效率。其次是好好利用碎片化的时间，可以利用午休时间来进行知识的巩固和复习。最后是多做模拟题，通过做模拟试题了解考试形式和题型，找到自己的薄弱环节，并针对性地进行复习。

在面对挑战和困难时，保持积极的心态至关重要。相信自己的能力，坚持到底，成功终将属于你。不要害怕失败，考试结果固然重要，但更为重要的是在备考过程中所获得的知识和能力。失败是成功的垫脚石，不要因为一两次的挫折而放弃。同时，学会寻找支持也十分重要。在考证的路上，找到志同道合的伙伴或加入辅导机构，与他们分享你的进展和困难，他们的支持和鼓励将成为你前进的动力。

追光，点亮未来

在考证这条追光的道路上，每一个微小的努力都是对未来的一次雕琢。那些与困意和疲惫斗争的夜晚，最终都会化作你人生中最璀璨的星光。当你站在时间的长河旁回望过去时，每一步都闪烁着坚持与奋斗的光辉。无论前路多么艰难，只要心怀梦想、坚定不移地走下去，你终会在某个瞬间迎来属于自己的光辉时刻。让我们一起成为最美的追光者吧！用坚持与努力点亮属于自己的未来星图！

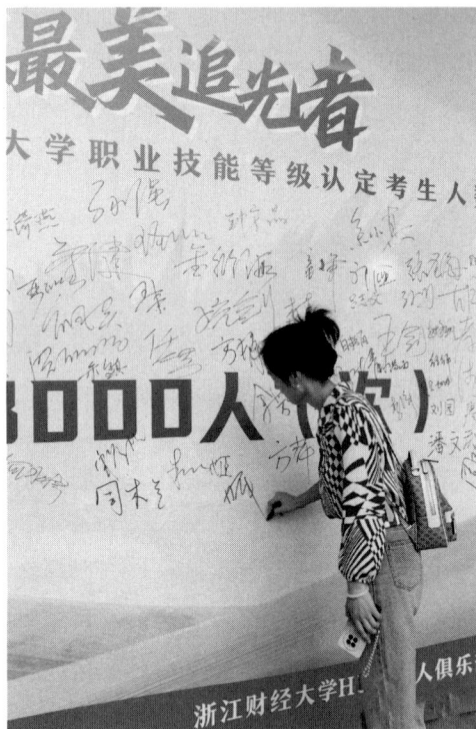

66.胡丽敏：人事小白的成长之旅

个人基本情况

工作单位：实达实集团有限公司

职　　务：人事经理

工作地点：浙江省衢州市

证书情况：2023 年企业人力资源管理师一级

人事小白的蜕变之旅

2017 年 6 月，我进入公司后阴差阳错地被安排在人事部，在此之前，连 HR 是什么意思我都不知道，妥妥的小白一枚。那时的我怀着一颗既忐忑又好奇的心接手了人事工作，当时只是觉得这是一个充满挑战的新领域。如今的我已经成为一名高级人力资源管理师。回顾这些年，我感慨万千，这不仅是一段成长的历程，更是一次心灵的蜕变。

起初，部门就我一个新人，面对员工档案、考勤记录、招聘流程等烦琐的工作，感到新鲜又迷茫。人事工作涉及面非常广泛，从员工入职到离职，从招聘到员工关系，每个环节都需要用心地去管理。我开始意识到，这不仅仅是一份工作，更是一份责任，是连接公司与员工的重要桥梁和纽带。

为了更好地适应这份工作，我开始积极学习人力资源管理的相关知识。只要有培训机会，我就不会放过，甚至为了上两个小时的公开课，花四五个小时倒车去另一个城市。2019 年 6 月，我报考了企业人力资源管理师二级，通过参加线下的面授课和积极完成老师布置的备考作业，终于顺利地拿到了我心心念念的证书，得知成绩通过时的那种满满的成就感和喜悦感仿佛就在昨天。本打算第二年接着挑战一级，但计划赶不上变化，国家政策有所调整，要满 5 年才能报考一级，于是我只能边工作边慢慢地等待。终于在 2023 年，经过几个月的备考，我成功地通过了企业人力资源管理师一级的考试。当收到浙江财经大学寄来的证书时，我激动万分。这不仅仅是对我努力的认可，更是我职业生涯的一个新起点。我将继续努力，为公司的发展贡献自己的力量。

备考路上的温暖与感动

回顾当初的考证过程，曾经的温暖与感动都历历在目。在备考初期，我遇到了一群志同道合的小伙伴，他们也是各个企业的 HR，我们组建了一个微信群，每天在群里互相监督、互相鼓励，遇到不解的问题，发到群内，小伙伴们总能热心解惑。我在同行备考群内，不仅学到了知识，更收获了友谊。我们共同度过了许多难忘的夜晚，一起分析案例，相互押题提问。在大家的陪伴下，备考的时光变得有趣且多彩。

让我感动的还有我的家人，在考试前夕，为了让我有更多的时间和精力投入复习中，婆婆包揽了家里所有的家务活，还安慰我压力不要太大。读小学的女儿得知我在备考，也自觉地独立完成家庭作业。那段时间，家里的学习氛围变得更好了，家人的支持和鼓励，是我不断前进的动力。考证的路上充满了艰辛和挑战，但也充满了感动和温暖，让我在考试中发挥出色，一次性通过了企业人力资源管理师一级的考试。

67. 胡培赟：星光之路——成为更好的自己

个人基本情况

工作单位：浙江星月安防科技有限公司

职　　务：人力资源部部长

工作地点：浙江省金华市

证书情况：2023 年企业人力资源管理师一级

　　　　　2024 年职业培训师一级

披星戴月，星光不负赶路人

和很多职场人一样，我职场的第一年没有奇迹，熬夜加班，经常犯错。但幸运的是，职场路上我遇到了两个非常好的老师，他们都身体力行地给我传递着这样的理念：成长路上，不要害怕犯错，不要总待在自己的舒适区；要持续向上，持续学习，拥有傍身的本事，才能拥有自主选择的权利。这种信念支撑着我在自我成长的道路上不断探索。

2014 年我报考了三级人力资源管理师，那时我还是一名职场新人，对学习抱有高度的热情，白天忙工作，晚上挑灯学习。正值青春，记忆力、理解力都很好，考前一天通宵达旦地复习，第二天精神抖擞地奔赴考场。有紧张、有兴奋，但从未害怕和退缩，我相信，生活不会辜负努力向上的人。那时的我，给自己定下了一个成长目标：每年都要参加一场培训或考试，持续迭代自己的思维和认知。

2015年，学习战略解码。2016年，奋战三级企业培训师。

2017年，意气风发的我同时报考了二级人力资源管理师和二级企业培训师。面对几本厚重的教材，学习过程中几度想先保一门科目，但又不甘心，连续四个月，学习完全取代了休息时间，埋头苦读。但与此同时，每收获一个新的知识点我的肾上腺素便会递增一分，我庆幸自己坚持了下来，那个过程是一段独特的自我否定和自我肯定的成长体验。

追星逐月，遇见更好的自己

2018年，我参加了混沌学园的课程学习，接触到了思维模型的相关课程，认识了很多优秀的小伙伴，他们身上有一种共同的特质——优秀且努力。那时候的我，每每靠近优秀的人，就会兴奋不已，也会暗暗弥补差距。每月我都会从金华赶赴杭州，从不缺席线下游学活动，并乐此不疲，我成了同事眼中的"周末杭漂人"。或许学习之路就是这么一个不甘落后于人的选择，也是内心深处对于向上而生的渴望吧。

2018年，我被永康市人力资源和社会保障局授予了本市"十佳人力资源经理"荣誉称号。

2022年，被金华市婺城区人力资源和社会保障局授予"金牌HR"荣誉称号。

2023年，带着家人的支持，我踏上了一级企业人力资源管理师的学习之路，家人为了让我专心备考，帮我安排好了吃穿住行，并在夜半陪我一同巩固知识点。考试当天，我一大早便到达浙江财经大学参加认定考试，考前，老老少少，男男女女，或坐在楼梯上，或倚靠在栏杆边，朝气蓬勃，目光坚定，努力抓住考前最后的巩固时间，做题、背诵、默读，无不透露着大家对这场考试的重视，紧张感瞬间被感动所替代。在不同的人生阶段，总有那么一些人，不断跳出舒适圈，奋力成长。

学习像是一场马拉松，似乎永远是未完成状态。2024年，我向一级职业培训师发起了挑战。

职场十年，从招聘专员到人力资源部负责人，我转换着一个又一个新的角色。参加各类竞赛、社团活动，去认识不同专业背景的人，去拓宽自己的思维认知，去填平一个个信息差。一次次备考，一场场考试，一张张答卷，一张张证书，一个个荣誉，如同一枚枚成长的勋章，见证着我的成长，鼓舞着我不断前行，遇见更好的自己。

升级打怪，成为自己的光

"如果你瞄准月亮，即使迷失，也是落在璀璨星辰之间。"如果你已进入职场，但还没找到自己的职业发展目标，那就从现在开始，找到自己的职业方向。

如果你想从事人力资源管理，应先明德格物，再立己达人。你要去提升自身修养，培养基本的素质和能力，学习不同领域的知识，涉猎人力资源、财务管理等领域，并对自己的专业领域进行深入的研究学习。在学习的路上，绝大部分时间都是孤独的，你要学会享受孤独，相信自己，打破思维认知，不自惭形秽，不放浪形骸，既要低头脚踏实地，也要抬头仰望星空。始终以"赶考者"的姿态，不惧一场又一场的人生考试，追寻心中的那束光，并成为自己的光。

愿大家在人生这场升级打怪的过程中，成为自己的英雄。

68. 姜德琥：星夜兼程，追寻自己的初心与梦想

个人基本情况

工作单位： 浙江省建工集团有限责任公司

职　　务： 团委副书记、温州分公司人力资源职能部门负责人

工作地点： 浙江省温州市

证书情况： 2023 年企业人力资源管理师一级

从空白到知识填充，每一场学习都值得珍惜

自己毕业的十年，也是做 HR 的十年，这十年里我遇到了很多人，很多事。我从一个专注理论的 HR 小白，变成了有所思考的"大白"。上大学那会儿，亲戚问我，HR 是什么，我的回答是：在一定范围内的人，所具有劳动能力的总和。工作后不久，朋友问我 HR 是什么，我的回答是：HR 就像居委会大妈，碎嘴，扯皮，查户口，搞搞平衡，弄弄协调。现在你们要是问我，HR 是什么？我想先卖个关子，接下来，让大家跟我一起从学习、考证、实践的经历中去寻找答案。

从知识学习到转化，每一个节点都值得努力

说起我在浙江财经大学进行职业技能等级认定这件事，我感慨万千。国考改革后，我紧张地等着符合报考年限的倒计时。等到符合条件时，我竟一时间找不到考试的途径，在迷茫之际，我与一位好友闲聊时，偶然间知道了浙江财经大学开展职业技能等级认定的消息。知道报考途径的我第一时间赶回家里，毫不犹豫地报名了最近的一次考试。现在的年轻人对自己的职业总有很多想法，我也不例外，我希望以后的我上能懂战略，下能写 JD，文能定制度，武能做谈判。因此，我给自己精心打造了一套考证规划，我也非常珍惜这次考试机会，也在第一时间购买了考试教材，希望在 2023 年一举拿下企业人力资源管理师一级，让自己在 30 岁时成为高级技师。成功的道路没有捷径，考试的道路更没有捷径，通过一遍粗看、一遍精读、一遍笔记、一遍答题，我终于圆满地完成了既定目标。

从知识转化到输出，每一次转变都值得珍惜铭记

就顺利取得了企业人力资源管理师一级，再结合我自己十年的 HR 工作经验，我想从个人发展的三个阶段出发与大家分享一点自己的心得。

（1）探索阶段：我知道了，基础人事由表及里。很多人觉得，基础的人事工作并不难，不就是收几份简历，打几个电话，填几张表格，算算工资吗。好像依照人力资源教科书的"套路"照抄照搬就算是做好工作了，如果照抄照搬就行，那传统人事工作又何须改革创新。俗话说磨刀不误砍柴工，工作前先理顺思路，让思考走在行动之前，尤为重要。我在规定的工作模块上融入自己的思考，备注各工作之间的相关性，寻找适合自己的方法，以此来理顺工作，提高效率。

（2）沉淀阶段：我明白了，绩效考核重在日常。绩效，看上去很美、吃上去烫嘴。在大伙的普遍认知中，绩效好像就是用来扣钱的，而且存在一个普遍的矛盾：一方面，部门负责人不太愿意严格扣分，却希望部门提高效率；另一方面，员工不想被考核，但又希望获得绩效工资。只可惜，鱼与熊掌不可兼得。绩效考核中常见的几个问题不外乎：指标不明确、培训不够、沟通没做好、奖励不明显。当然，指标设定除了合理，也要慎重，并不是拍脑袋决定的，要结合各条线重点工作任务，遵循二八法则，与被考核者做好沟通，并要形成 PDCA 闭环管

理。从绩效计划到绩效考核，是一系列复杂的过程，既要人力资源部提供相应的理论基础和物质基础，更要有业务部门的有效配合。

（3）提升阶段：我意识到了，熟悉业务完善自我。人力资源管理既要熟知专业知识也要略懂天文地理。况且，处在"VUCA"时代，没有两把刷子，自然会被淹没在茫茫人海中。懂战略、懂专业、懂分析，总是老生常谈的几个话题。除了这几项，有必要再加一个，那就是 HR 要熟悉业务。不了解业务，做招聘的时候，如何从职责出发，做好人企匹配、人人匹配、人岗匹配。不了解业务，做绩效考核的时候，如何从考核规范出发，为业务部门提供指标设计的合理意见。道理人人都懂，区别在于有的人做到了，有的人只是看到了。

最后送给大家一首我自己编写的打油诗：

做 HR 有感

HR 管理有一套，莫把理论当神药；

招聘录用最基础，入职粗心后受苦；

培训开发走过场，数据好看全泡汤；

绩效薪酬是核心，一加一减秉公平；

考核如果走形式，制度执行成空置；

育人留人是细活，各类小事忘不得。

心有猛虎，细嗅蔷薇，完整的人生应该兼有这两种至高的境界。如果现在自己问自己，HR 是什么？我会回答：HR 是我的成长、蜕变、修行之路。

69. 秋芳：HR 跨领域织新篇

个人基本情况

职　　务：产品线运营

工作地点：浙江省杭州市

证书情况：2023 年劳动关系协调师一级

时光见证，璀璨星辰

时光流转，璀璨星辰点缀人生。回望 2010 年，我毅然踏上了自我成长的征途，与人力资源管理结下了不解之缘。尽管没有专业背景，但我对人才管理、绩效考核等领域怀揣着浓厚的兴趣和热情，参加了人力资源管理师二级考试并以高分通过。

我全身心投入学习，以专业教材为基，行业文章为翼，线上课程为辅，逐步跨越了专业的鸿沟。在日常的研发与项目管理工作中，我意外发现了其与人力资源管理的共通之处，这种跨界的体验不仅拓宽了我的视野，更深化了我对人力资源管理的复杂性与重要性的理解。

面对繁重的工作，我选择压缩睡眠时间，深夜挑灯夜战，是对知识的无尽渴望；习题解答中，我刻苦钻研，是对梦想的坚定执着。理论与实践并重，我逐步构建起坚实的知识框架，并不断锤炼实战能力。这段经历教会我，只要心怀热爱，勇于挑战，每个人都能成为自己生命旅途中的璀璨星辰。我将继续做自己生命中最耀眼的太阳。

乘风破浪，勇往直前

我深刻认识到，唯有不断学习、持续成长，才能跟上时代的步伐，为公司发展贡献力量。于是，我报名参加了劳动关系协调师一级考试。备考期间，我深刻体会到了时间管理的重要性。在高强度的工作与学习间寻找平衡，我合理规划时间，高效利用每分每秒，同时坚持晨跑，保持精力与体力。考试前夕，我实地考察考场，调整心态。考试当天，面对高难度试题，我沉着应对，真诚作答。当成绩揭晓的那一刻（三门高分通过），所有的努力与付出都化作了喜悦的泪水。

无论是跨界还是深耕，只要心怀梦想，勇于探索，定能在各自的领域绽放光彩。未来，我将以学习为舟，梦想为帆，乘风破浪，勇往直前，持续为公司与社会贡献价值。

奋斗正青春，赶路正年华

2024年初，我荣获劳动关系协调师一级证书，心中满是喜悦与成就感。这不仅是对我辛勤付出的回报，更标志着我个人的成长与蜕变。备考之路，从忐忑到自信，每一步都凝聚着汗水与泪水，最终化作了成长的喜悦。

这次经历不仅让我系统掌握了相关的理论知识，还提升了我的逻辑思维能力与问题解决能力。在工作中，我得以更从容地应对复杂的劳动关系，为公司的和谐稳定贡献力量。我深知，放纵是本能，自律才是修行。

对于人力资源从业者而言，持续学习至关重要。我们必须紧跟时代步伐，不断汲取新知，提升专业素养。同时，理论知识需与实践相结合，通过实践检验并完善知识体系，提升实战能力。关注行业动态，掌握新技术、新工具的应用趋势，也是必不可少的。保持积极的心态，对于应对工作中的挑战至关重要。我们需要管理好自己的情绪与压力，以最佳状态迎接每一个挑战。此外，深入一线，了解团队需求，为业务提供解决方案，利用 AI 工具提高工作效率，全面支撑业务运营，是展现 HR 专业价值的关键。

感恩身处这盛世，我已立下宏伟目标，誓以汗水浇灌梦想，坚韧铸就辉煌，勇于站在时代潮头，乘风破浪，砥砺前行。在成长的道路上，我将不断超越自我，用实际行动诠释奋斗的青春最美丽，让前行的每一步都闪耀着不负韶华的光芒。我将以更加饱满的热情和更加坚定的信念，迎接未来的每一个挑战，为公司和社会创造更大的价值。

70. 项颖：追梦人力，勤耕不辍

个人基本情况

工作单位：杭州紫江包装有限公司
职　　务：人事行政部副经理
工作地点：浙江省杭州市
证书情况：2019 年企业人力资源管理师一级

逐梦征程中的不懈奋进

和许多人一样，我第一次考证的动力源于杭州为外来务工者提供的人才政策。2016 年，在同事的推荐下，我选择了报考人力资源管理师，经过一段时间的培训与学习，我幸运地一次性通过考试，获得了我的第一本证书。

想要成长的心总是催人奋进。为了进一步增强自己在人力资源管理方面的专业性，2018 年，报考了劳动关系协调员。我希望通过专业的培训学习，使工作更加得心应手，同时也期望结交更多来自各行各业的精英，不断提高自己在人力资源管理方面的技能。

追求卓越没有终点。我深知既然从事了人力资源管理工作，就应该以最佳状态和更严格的标准去要求自己，一级人力资源管理师证书成了我追求的目标。2019

年，在满足报考一级人力资源管理师的条件后，我立即采取行动。然而，考一级证书并没有前两次那么轻松，经过补考，我才获得了一级人力资源管理师证。

所有的成绩都不是偶然，而是由一个个微小的努力累积而成，这既源于我的不懈努力，也离不开身边人的鼓励和支持！在培训期间，我为了顺利通过考试，从黎明到子夜，时间见证了我的坚持；窗外是绽放的花朵与温暖的阳光，屋内是我安静的学习角落，每个字、每一页都是通往更好自我的桥梁。那些勤奋学习的场景至今仍历历在目。

培训机构的老师们同样功不可没。他们总是最早到教室，最晚离开，不厌其烦地跟进我们的上课情况，督促我们课后完成作业。考试当天的送考更是让人倍感温暖。正是他们的辛勤付出给予了我们无限的支持！

在培训期间，我还有幸结识了一群志同道合的同学。既有经验丰富的前辈们无私分享着他们的智慧与见解，也有朝气蓬勃、满怀激情的年轻人为我们带来新鲜的视角。来自各行各业的精英汇聚一堂，共同分享知识、深入探讨问题、并肩前行，一起奔赴自己的热爱！

从门外到门内：以勤为径

作为一个非人力资源专业背景的从业者，我之所以能够踏入人力资源管理领域，主要得益于前期的专业培训与考证。从新手到入门，证书不仅代表了我的学习成果，更是我职业生涯的新起点。

我并不属于才华横溢的类型，但我相信勤能补拙。在持续不断的培训中，我接受了专业老师从理论到实践的全面指导，这些专业知识的积累，让我在工作和学习中保持了轻松愉悦的状态。从人事专员到人力资源管理副经理，无论是工作中领导对我的认可，还是同事们对我的信任，抑或是身边朋友就劳动关系方面向我咨询，我都能从专业的角度给予他们建议。每一份荣誉背后都有一个故事——关于勇气、毅力以及对自我极限的一次次挑战，正是这些不起眼的瞬间，铸就了今天的我！

71. 姚燕飞：追光的人，终会光芒万丈

个人基本情况

工作单位：杭州医国仁生物科技有限公司
职　　务：人力资源总监
工作地点：浙江省杭州市
证书情况：2023 年企业人力资源管理师一级

深耕自己，不负时光

在回顾考取企业人力资源管理师一级证书的历程时，我深深地感受到：世事纷繁复杂，唯有"用心"二字最为重要。我们的心思和精力投入何处，最终将决定我们的收获与成就。心无旁骛，专注于一件事，方能攻克重重难关，迎来属于自己的春暖花开。这是我在备考过程中的最大体会。

我的考证之旅始于 2019 年的那个炎热的夏季。当时，我与一位友人交流时，了解到人力资源对企业的生存和发展具有直接影响。在当今竞争激烈的商业环境中，人力资源已成为组织发展的核心驱动力。这一发现让我醍醐灌顶。鉴于我在公司发展和人员管理方面的困惑，我意识到需要专业化系统化的学习来弥补自己在人力资源管理上的不足。于是，我决定开始备考，积极参加相关的线下课程，

通过努力学习，顺利在 2019 年获得了企业人力资源管理师二级证书。

尽管已经获得了企业人力资源管理师二级证书，但在深入探索人力资源领域时，我仍然遇到了一些困惑。尤其是在推进公司级人力资源项目时，面对激励模型中的难点问题，我常常无法解答下属的疑问。这让我意识到，自己仍需进一步深造和提升。因此，我决定冲刺人力资源管理师一级证书。经过调研，我了解到浙江财经大学的职业技能等级认定相当出色，于是毅然地报考了。

在备考过程中，我面临的最大挑战便是时间紧以及记忆力减退。我依稀记得，每日下班之后，忙于家务、辅导孩子学业，直至深夜才得以片刻喘息。当周遭的一切都沉浸在静谧之中，我轻轻地打开台灯，于这万籁俱寂的深夜里，挤出了那段既艰难又令人愉悦的学习时光。虽然只有短短一小时，但它却成了我日复一日的坚持与努力的见证。

企业人力资源管理师一级考试当天，天气非常寒冷。当我到达浙江财经大学参加认定考试时，财大的老师们热情地为我们指引考场，整个排队过程井然有序。更令我感动的是，老师们为每位考生精心准备了一袋考试伴手礼，包括矿泉水、小面包、巧克力和其他零食。这些贴心的准备在我考后感到筋疲力尽时，为我补充了大量的能量，令我内心感到温暖，真是令人感动的细节，令人十分赞赏。

辛酸历程，苦尽甘来

考证的过程不仅仅是让我获得了一张证书，更重要的是收获了无形的资产。我希望我的经历能够为其他人力资源从业者提供一些启发，令他们坚定自己的信心，不断提升自己，为职业生涯打下坚实的基础。

在任何时候，我们都不应怀疑自己的价值或者努力的意义，与其对未来感到焦虑，不如专注于当下，努力把眼前的事情做好。

对于工作而言，仅仅依赖证书是不够的，但通过考证可以有效地帮助我们巩固专业知识。这本证书涵盖了人力资源的六个模块，涉及行业的方方面面。通过深入的学习和理解，这些知识为我当前的工作提供了极大的帮助。

没有人生来就天赋异禀，即使是那些优秀的人，也和我们一样，默默地跨越了一座座山丘。当你回头看时，你会发现所有成功都没有捷径，只有坚持努力，才有赢的可能。

专注于做好自己的事情，不要过分担忧结果。这次考证，我将它视为积累知识、记录时光的机会。在获得证书后，我却意外地得到了当地政府的一些政策补贴，同时也被评为杭州市 E 类人才。

把行动交给现在，把结果交给时间。那些你默默努力的时光，终将照亮你前行的道路。只要一直在追光的路上，你的人生终会光芒万丈。

72. 奕冬：输入加输出，桃李满天下

个人基本情况

工作单位：宁波江北区和劭劳动创业服务中心
职　　务：理事长
工作地点：浙江省宁波市
证书情况：2014 年企业人力资源管理师一级
　　　　　　2019 年劳动关系协调师一级
　　　　　　2024 年职业指导师一级

踏上考证之路，幸福得不能自拔

2011 年生完孩子重返职场，那年我正值 30 岁。并非人力资源管理专业毕业的我，在一次招聘会上看到了人力资源技能考证的宣传，为了让自己更具核心竞争力，我毫不犹豫地报了名，按我的学历及年龄可以直接报考二级。那时考证并没有任何的补贴，在课堂上，我遇到了 30 多位志同道合的考证伙伴，我们齐聚于此，皆怀着一颗渴望学到真本领的心。八天的线下课让我畅游在人力资源的知识海洋里，早上 5 点钟起床，做真题卷子，并在书本中标示出已出现过真题的段落，用这种方法，人力资源六大规模的知识点就深深地印刻在了我的脑海里。最为重要的一点是，我甚至探寻到了出题的规则，这也为我日后成为一名考证讲师奠定了坚实的基础。

考前，我组织了一批同学一起复习，复习的方法是由每位同学认领一章进行讲解，输入加输出，考试不会输。这种学习方法让我在二级人力资源管理师考试时游刃有余，三门都考出了好成绩。当然最大的收获是结交了一批 HR 挚友们，他们也是我这些年来在 HR 之路上的有力支撑。

输入加输出，成为一名考证讲师

我在考证路上收获满满，也愿意通过线下聚会分享、线上 QQ 群分享等方式跟更多 HR 朋友进行分享。我的无私分享，让培训学校关注到了我，2014 年某校长请我去教人力资源管理师三级的相关课程，我兴奋了好久。记得那年书本由二版换成了三版，给我的备课增加了难度，三级教材中存在许多计算题，我对这些计算题进行了深入研究，并依据知识点自行编写出计算题，供同学们在课堂上练习，以此帮助同学们更好地消化知识。记得那年浙江卫视新上了一个节目——《奔跑吧兄弟》，我鼓励自己，奔跑吧奕冬，跟自己赛跑，跟时间赛跑，跟知识较劲，加油，你一定可以，等你教完三级课，开开心心看《奔跑吧兄弟》！

第一次站在讲台上，当同学们的眼神都聚集在我身上的那一刻，我觉得自己在闪闪发光。那天下课时，响起了雷鸣般的掌声，让我忘却了一天的疲惫，忘却了备课的辛劳，我感到一切都值得！

考证路上不断突破，勇攀高峰

三级培训结束，距离我自己的一级考证只剩下 15 天，一级教材改版后有 600 多页。这 15 天里我每天只睡 6 小时，睁开眼睛便啃一级教材，先粗略地看一遍，了解一级教材的专业高度，让大脑对一级人力资源知识先有个框架。再精细看一遍，把重点知识及关键字标出来，在本子上画重点知识的思维导图。第三遍结合题目再看教材，去参透出题的规律，去总结各个模块的知识点，我的撒手锏是自己总结了一个万能答案，只要是同一模块都可以套用上，至少会有分。

或许是由于给同学们上课的过程中我将三级教材参透并背熟了，又或许是因为此前我的二级知识学得细致、学得精湛，虽然人力一级仅仅学习了半个月，但在考试的那一天，我依旧信心满满。考试的过程我记忆犹新，毫不夸张地说至少写了 1 万多字，记得那天考试结束，我吃晚饭时手都是抖的……

一级的三门考试一次性过了，我为自己鼓掌。因为一次性过一级的概率还是比较低的，我被 HR 朋友们及同学们称为学霸考神！2018~2019 年，我先后顺利通过了劳动关系协调员二级和一级的考试；在 2024 年，我也顺利拿下职业指导师一级证书。

十年考证讲师，培养万名学员

2014 年至今十多个年头，我在宁波多家培训学校进行授课，范围涉及三级、二级和一级，以及线上线下同时授课；从国家鉴定到省鉴定到市鉴定再到第三方认证机构鉴定，我感受到了政府对专业技能的重视，感受到了学校对老师的尊重，也感受到了学员们对学习的热情。最让我骄傲的是，我的部分学员也成长为了讲师，在这条路上，我们一直都在。

培训这条路我将一直走下去，我期望做到桃李满天下。与此同时，我确立了培训师十大以终为始的信念：

我是上台就嗨的演说之王；我是有趣又有料的培训师；

我已在专业领域拿到结果；我的结果足以秒杀众学员；

我要帮学员产生积极改变；认真准备就可以交付成功；

用心讲课就可以亦师亦友；成长最快方式是教会别人；

我会加倍努力拿更多结果；我的余生将会桃李满天下。

73. 俞莹：专注专业领域，保持职业优势

个人基本情况

工作单位：宁波宇兴集团有限公司

职　　务：人力资源经理

工作地点：浙江省宁波市

证书情况：2020 年劳动关系协调师一级

2023 年企业人力资源管理师一级

启程：打开职业考证之旅的大门

在这个知识爆炸、新专业名词和理念层出不穷的时代，终身学习已成为适应社会、实现自我价值的重要途径。除了日常工作之外，我一直在思考通过什么样的方式，实现自我的快速提升。深耕专业领域，拓展综合知识成为我一直探索的话题。

在尝试各种沙龙学习和培训活动之后，我发现职业考证，是一个很好的提升个人专业技能的渠道，还能为职业发展开辟新的道路。在这里，你会有一帮志同道合的朋友，能不断接受到正能量的传递。同学们积极向上的劲头会激励你不断前进，收获一本本证书作为自己职业发展旅程中的重要里程碑，体会到前所未有的成就感。

一直在路上：分享备考过程和感悟

遇见浙江财经大学，是一个非常美好的开始。在考证的旅程中，从人力三级到人力二级，再到经济师中级职称的考取，我逐渐打开了职业考证的大门。但后面因忙于工作和生活，而且参加学历提升——考研，也分散了一部分精力，导致职业考证停滞了。虽然 2020 年考取了劳动关系协议一级证书，但缺少一本一级企业人力资源管理师证书，是心里抹不去的遗憾。于是在缘分的指引下，我认识了浙江财经大学的老师，重新让我翻开尘封已久的厚厚的教材，开始准备企业人力资源管理师一级的考试。

在备考的过程中，需要系统地复习所学知识，构建理论知识的思维框架，并根据考试要求将其与实践技能相结合，深入理解案例，提高应试技巧。通过阅读老师推荐的书籍、参加在线课程、熟悉题库等方式，弥补短板，逐步构建完整的知识体系。同时，保持积极的心态，在战略上藐视敌人，在战术上重视敌人。合理安排碎片化时间，也是成功通过考试的关键。平时我会在上下班路上，用手机刷题；周末在图书馆消化吸收案例，梳理知识点，并进行错题复盘。利用好业余时间，按照大模块，在脑中建立一个可以检索的知识体系，也对考试很有帮助。繁杂的信息很容易忘记，需要不断重复记忆，利用好记忆曲线，最后以最佳的状态迎接考试。

知识只有通过实践才能转化为技能。结合学到的理论新模型，思考应用的方式和应用的可行性，不仅能够帮助我们巩固所学，还能让我们在真实环境中发现问题、解决问题。书本上的案例分析，不只是停留在理论方面，把一条条之前需要死记硬背的答案，结合自己的思考，转化为易懂的语言，也是一条很好的记忆捷径。在通过考试，获得职业证书的那一刻，自信心和成就感油然而生。证书，不仅是技能的证明，也是继续前进的动力。

结语：旅程没有终点

旅程的意义不在于目的地，而在于沿途的每一段经历和感悟。这是一个不断自我发现、自我突破的过程，它可以唤醒你内心的激情，让你的心灵自由翱翔。坚持探索，收获并分享挑战及成长的喜悦，书写属于自己的故事才是最珍贵的。

拿到证书不是重点，而是一种成果的体现，学习与职业考证的旅程永无止境。

"积一时之跬步，臻千里之遥程。"旅程之路漫漫，即使每次只前进一小步，只要持之以恒，最终也能达成远大的目标。坚持和努力是通向成功的关键，如果你正在追求自己的目标，记得保持耐心和毅力。获得证书只是一个里程碑。柏拉图曾经说过，"知识是一切能力中最强的力量"。知识之光，照亮前进的道路。获得证书之后，我们仍需不断学习，跟上行业的发展，不然就会止步不前，所以要一直在路上。

我仍需不断学习，才能跟上行业的发展。我已经和浙江财经大学结下了不解之缘，下一个目的地——职业指导师，我会一直在路上。

74. 俞志华：在考证中突破，于人力领域成长

个人基本情况

工作单位：杭州浙学网科技有限公司
职　　务：人力资源总监
工作地点：浙江省杭州市
证书情况：2024 年企业人力资源管理师一级

迎接新挑战

大学期间，我主修人力资源管理专业，深入学习了人力资源管理的六大模块，掌握了管理学和人力资源管理的基本方法和理论。随着职业生涯的发展，我在 2019 年面临了一个重要挑战——当时所在的企业正处于上市培育阶段，对人力资源管理部门提出了新的标准和要求。

坚持与突破

在人生的旅途中，我们都在不断地寻找着自我突破和成长的机会。对于当时的我来说，人力资源领域的学习和考证之旅便是最好的机会。刚开始时，我倍感迷茫，面对厚重的教材，常常陷入"看了忘，忘了看"的循环，也抓不住重点。

但是我没有退缩，我积极查阅资料、上网课，并与大学同学深入探讨，逐渐找到了学习的节奏和重点。

尽管工作和生活的忙碌曾让我产生了放弃的念头，但内心深处总有一股力量在鞭策我：只有通过学习，才能实现自我提升和进步。这种信念让我坚持了下来，经过几个月的努力，当我走进考场时，内心的自信已超越了紧张。

其中，综合评审这门课程给我留下了深刻的印象。面对众多专业评审官，我尽力调整心态，凭借所学的知识和实践经验，最终顺利完成了考试。查询成绩的那一刻，我的心情如同高考查分般紧张，当看到三门课程都通过时，我激动得热泪盈眶，因为我知道，这是自我成长和努力的最好证明。

2023年底，当我满足报考一级企业人力资源管理师的条件时，我便毫不犹豫地参加了考试，并成功上了岸。

持续学习，不断成长

备考的过程固然艰辛，需要在忙碌的工作中抽身而出，投入学习。然而，考证的历程不仅是一条获取专业知识的道路，也是深入理解人力资源管理在企业战略中的重要性的过程。考试不仅考察了我们的理论知识储备，更着重于检验我们的实际应用能力。例如，组织结构的构建、工作任务的设计、人员的甄选以及报酬系统的管理等，都是人力资源管理的关键环节，要求我们能够将理论知识灵活运用于实际工作中，从而为我们的职业生涯带来新的启示和思路。

在考证的过程中，我深刻体会到了持续学习的重要性。人力资源管理是一个日新月异、不断发展的领域，作为人力资源部门的主管人员，我们必须具备持续学习的能力。考试只是我们学习旅程中的一个节点，通过考试后，仍需不断地学习与实践，以保持领先地位。考证的过程不仅是对我们专业知识的检验，更是对我们实践能力与战略思维的锤炼。对于希望在人力资源管理领域深入发展的个人而言，这无疑是一个宝贵的学习与成长机会。

75. 赵明利：道阻且长，行则将至

个人基本情况

工作单位：杭州和昇塑料制品有限公司
职　　务：招聘专员
工作地点：浙江省杭州市
证书情况：2024 年企业人力资源管理师一级

手中有"粮"，心中不慌

说起我与人力资源管理专业的渊源，大概从 2013 年填高考志愿的时候，命运的齿轮就开始转动了。大三的时候由专业课老师介绍，参加了企业人力资源管理师三级考试。当时还是很懵懂的，不知道考来有什么用，但看着别的同学都在积极备考，我也跟着一起努力学习，在图书馆一泡一整天。看着那厚厚的书，一次次想放弃。但我现在无比庆幸当初的坚持，让我可以把握住这次参加一级考试的机会。

自从政策改革以来，听很多前辈说，证书含金量下降了，没必要费这个心力了。我也犹豫过，最终还是坚定了信念。所谓含金量在一定程度上指的是他人的认可度，我参加考试是为了得到别人的认可吗？我思索了很久，认为并非如此。

在考证的过程中，我不仅加入了浙江财经大学 HR 经理人俱乐部，认识了很多同行者，还看到了那个不服输、朝着目标努力追光的自己，所收获的远远不止是一个证书的价值。

凡事预则立，不预则废。2023 年 2 月我就在培训机构报了名，我清楚地知道自己天资不足，更相信勤能补拙，愿意去提前做准备。5 月跟同期的同学一起上课，8 月和 11 月在上课的同时格外关注相关政策，看自己是不是满足报考条件。11 月 1 日新政策出台，要求二级满 5 年才能报考一级，而我到 12 月才满 4 年，于是急忙去找老师咨询，得到的答复是先等通知。等到 11 月 8 日我突然接到通知让准备报名资料，争取一次通过，下次就沿用新国标报考了。我欣喜若狂，当天就卸载了所有娱乐软件，开启了我的追光之旅。

在那难忘的 5 周里，完成日常工作之后，我就去自习室复习，和一群考研考编的追光者一起，奔赴自己的光。周末基本也是在自习室里度过，8 点左右到自习室，22 点甚至 23 点才离开。回望那段日子，有两个画面尤为深刻：一是大冬天带着保温杯在寒冷的楼道里瑟缩着背知识点的小小身影；二是出门时孩子还未醒，归家时孩子已熟睡的场景。每当想起时我都会鼻头一酸，备考那段时间两岁的孩子基本都没怎么见过我。特别感谢家人给了我无声的支持，默默打理好家里的一切，照顾好孩子，让我可以全身心地投入备考中去。

时间飞逝，还记得参加考试那天，气温很低，但是我的热情不减，早早地起了床，提前到了考点，给自己预留了更充分的考前准备时间。学校还贴心地准备了拍照打卡的地方，可惜无人与我同行，故未拍照留念。吃了早饭，在实验楼认证通过后就去了考场，考场外还有考友在猛记知识点，而我直接去教室待考了。考试开始，说不紧张那是假的，输证件号码的手都是抖的，我自我调整了一下就开始答题了，也慢慢进入了考试状态。很快，上午的考试就结束了。中场在学校吃了土豆粉，实惠又大碗。下午的考试结束时已经 17 点了，在楼下领了浙江财经大学 HR 俱乐部的大礼包，但最终还是没有勇气去拍照。走出浙江财经大学发了一条朋友圈"一个多月没有刷朋友圈没有追剧，抛弃孩子抛弃家的生活拜拜啦"，给这段时间的努力画上了一个句号。

道阻且长，行则将至

"不经一番寒彻骨，怎得梅花扑鼻香"，古人诚不我欺。在 12 月 27 日查看到成绩的那一刻，所有的努力都有了回报。

事实证明，机会是留给有准备的人的，如果我没有提前关注相应政策，很有可能就错过了本次考试，也就没有后面一系列的机遇了。栽下梧桐树，自有凤来仪，随时做好准备才能抓住每一次稍纵即逝的机会。这次经历也让我对学习有了不一样的体验，之前的学习像是被动学习，由外在因素驱动，而现在的学习是为了丰富自己，是有意识的主动学习，是自驱力使然。《玫瑰的故事》中，黄亦玫告诉女儿："学习是为了自由，当你学会了怎么学习，想学什么就学什么，需要学什么就学什么，就自由了。"我们拥有选择的机会，选择喜欢的事情并为之努力奋斗是一件很有意义的事情。

追光者，终会光芒万丈，愿你迎着阳光，一路温暖前行。

76. 赵施敏：考证之旅

个人基本情况

工作单位： 丽水市智汇人力资源服务中心有限公司
职　　务： 项目主任
工作地点： 浙江省丽水市
证书情况： 2024年企业人力资源管理师一级

重视职业技能考证，提升个人竞争力

2018年在企业中从事HR工作，主要负责招聘与配置、企业文化、培训与开发板块，怀着对人力资源的热爱，我渴望全面提升自己、深入发展并有所建树。因此，我决定踏上考取企业人力资源管理师证书的征程，为自己的职业发展打开更多的可能性。

考取企业人力资源管理师一级证书后，这本证书推动着我从企业的人力资源直接管理者转变为院校的技能人才人力资源开发培养者。

回顾备考的过程，有许多人和事让我深受感动。备考是在孕期，每当我感到疲惫时，家人总是在我身边，给予我安慰。备考路上也认识了很多"考友"，成了我职场和生活中的重要支持力量。我们一起交流学习心得，互相鼓励，共同进步。

2024 年我报考了企业人力资源管理师一级考试，考试当天，我怀着紧张又期待的心情来到了考点。校园里弥漫着浓厚的学术氛围，让我感受到了这所大学的魅力。考场的安排井然有序，考务人员热情周到，为我们提供了良好和舒适的考试环境。进入考场后，我迅速调整好自己的状态，全神贯注地投入每场考试中。整个考试过程紧张而充实，但当我走出考场的那一刻，我的心中充满了成就感。

回顾这段职业技能考证之路，我收获的不仅仅是一张证书，更是知识的积累、能力的提升和宝贵的人生经验。我相信，这段经历将对我未来的职业发展产生深远的影响。

证书在手，未来可期

取得企业人力资源管理师一级证书后，我的内心充满了喜悦和成就感。这张证书不仅仅是对我过去努力的肯定，更是我未来职业发展的新起点。当我拿到证书的那一刻，一种强烈的自豪感油然而生。这份自豪不仅来自于自己的努力得到了回报，更来自于我对自己能力的认可。在备考的过程中，我付出了大量的时间和精力，克服了许多困难和挑战。如今，看着手中的证书，感觉所有的付出都是值得的。同时，这张证书也让我更加自信。在面对未来的工作和挑战时，我有了更多的底气和信心。我相信，凭借着自己的专业知识和技能，我一定能够在人力资源领域取得更大的成就，服务更多的人。

本次考证过程，对我后续的工作和学习有着很大的帮助。在工作方面，证书为我带来了更多的职业发展机会。它让我在求职和晋升中更具竞争力，也促使我能够承担更多的工作职责。同时，通过备考，我系统地学习了人力资源管理的专业知识和技能，这将有助于我在工作中更好地解决实际问题，提高工作效率和质量。在学习方面，这次考证经历让我养成了良好的学习习惯。我学会了如何制订学习计划、如何高效地学习以及如何应对考试压力。这些经验将对我未来的学习和发展产生积极的影响。此外，考证让我认识到自己的不足之处，激发了我不断学习的动力。我将继续努力学习，提升自己的专业素养和综合能力。

基于自身的经验，我推荐大家参加职业技能考证。首先，考证可以帮助我们系统地学习专业知识和技能，提高自己的业务水平。其次，证书是我们职业发展的重要资本，能够为我们带来更多的机会和挑战。在备考过程中，我们要制订合理的学习计划，合理安排时间，确保学习效果。同时，我们还可以通过参加培训课程、与同行交流等方式，拓宽自己的知识面和视野。此外，我们要保持学习的热情和积极性，不断更新自己的知识和技能，以适应不断变化的市场需求。

总之，职业技能考证是我们提升自己的重要途径。通过考证，我们可以获得更多的知识和技能，提高自己的竞争力，为未来的职业发展打下坚实的基础。让我们一起努力，不断提升自己，为人力资源行业的发展贡献自己的力量。

77. 高郑昊：梦想、挑战与蜕变

个人基本情况

工作单位： 湖州道智搭企业管理工作室
职　　务： 执行事务合伙人
工作地点： 浙江省湖州市
证书情况： 2024 年企业人力资源管理师一级

追梦织锦——备考之旅的细腻描绘

春启：梦想的种子在心田扎根。在那悠长岁月的一隅，2019 年的春风轻轻吹拂，带着对未知世界的好奇与向往，踏上了报考人力资源管理师的征途。这不仅仅是一场考证的旅程，一次心灵的探索，更是自我超越的起点。

起初，友人的辉煌成就，如同晨曦中的第一缕光芒，穿透了心海的迷雾，让梦想的种子在心田扎根。那一刻，我誓要将知识的果实摘取，让它在职业生涯的画卷上留下浓墨重彩的一笔。

夏炽：浙江财经大学的召唤，热血澎湃。随着时光的流转，自取得人力资源管理师二级证书后，我心中便悄然燃起了对一级证书更加炽热的憧憬与向往。对人力资源领域的热爱，如同夏日正午的阳光，炽烈而耀眼，驱使我不断前行。

浙江财经大学职业技能等级认定照亮了我的追梦之路，像一块磁铁般深深地吸引着我，让我心生向往，仿佛找到了心灵的归宿。这不仅是对自我能力的一次极限挑战，更是向职业巅峰攀登的宝贵机遇。我渴望汲取知识的甘霖，点亮智慧的灯塔，在前进的道路上书写更加辉煌的篇章。

秋收：备考路上的温情与坚韧。家人的温暖如秋日的阳光，默默照耀着我前行的道路；同事的鼓励似秋风的低语，在耳边轻轻回响。那些感人至深的瞬间，如同秋日的果实，沉甸甸地挂在心头，让我更加坚定了前行的步伐。那些日子，时间仿佛被拉长了一样，每一分每一秒都承载着汗水与梦想。我穿梭于工作的繁忙与学习的紧张之间，用坚持与毅力编织着属于自己的梦想之网。那些深夜里孤独的灯光，那些晨光中匆忙的身影，都是我为了梦想不懈努力的见证。

冬决：考场上的智慧交锋。冬日严寒，却挡不住追求梦想的脚步。当踏入考场时，我心中充满了对未知的期待。那里是智慧交锋的舞台，是梦想绽放的殿堂。"哒哒哒"的键盘声，恰似最美妙的音符，每个人都在全力以赴。那一刻，我仿佛与知识共舞，与智慧交融，在冬日的寒风中书写着自己的传奇。当考试结束的铃声响起时，仿佛卸下了千斤重担。一个月后，当我手握证书时，心中感慨无限。那一刻，所有的付出与努力都化为了无尽的喜悦与自豪。我深知，那不仅仅是一张证书，更是自我蜕变与成长的见证。

荣耀之光——证书背后的心灵独白

春回：荣耀加冕，心花怒放。当春风再次吹拂大地时，我迎来了属于自己的荣耀时刻。那本沉甸甸的一级证书如同春日里最绚烂的花朵，在我心中悄然绽放。我深知，这份荣耀并非偶然，它是每一分努力、每一次尝试、每一段不懈坚持的结晶。它无声地告诉我：所有的付出，无论多么艰辛，都是那么的有意义，那么的值得。

展望：未来之路，星辰大海。站在新的起点上，我满怀憧憬地展望未来。这本证书不仅为我打开了更加广阔的职业发展空间，也为我指明了前行的方向。我将以此为契机继续深化对人力资源管理领域的研究与探索，不断提升自己的专业素养与综合能力。我相信，在未来的日子里，我将如同星辰般璀璨，照亮自己前行的道路，也照亮他人的梦想之路。

　　寄语：HR 同行的诗意共鸣。最后，我想以一颗诗意的心，向每一位在人力资源管理领域奋斗的同仁致以最诚挚的祝愿：愿你们都能在知识的海洋中遨游，在智慧的灯塔下坚定前行；愿你们都能保持对专业的无限热爱与对梦想的执着追求，在挑战中敏锐地寻找机遇，在困境中勇敢地绽放光芒。愿我们的心灵，在 HR 的征途上相互共鸣，愿我们携手并肩，共同书写属于我们自己的诗意人生。

78. 倪晓飞：持续学习，韧性成长

个人基本情况

工作行业：酒店行业

职　　务：人力资源总监

工作地点：浙江省杭州市

证书情况：2023 年企业人力资源管理师一级

　　　　　2024 年职业指导师一级

坚持，才会有突破

从事人力资源管理工作以来，为不断提高业务能力，获取专业知识，我毅然决然地踏上了充满挑战与机遇的考试之旅。在这段征程中，我先后取得了企业人力资源管理师三级、企业人力资源管理师二级、国际高级人力资源管理师、国际培训师、企业人力资源管理师一级、职业指导师一级等证书，每一本证书都见证了自己的努力与成长。

刚开始考证时，市场上培训机构相对较少，基本依靠自学。报名后，我根据自己的学习习惯，制订备考计划。那时的我，凭借着一股冲劲和坚韧的毅力，在工作之余利用一切可利用的时间看书复习。虽然过程很枯燥，但我相信只要足够努力，肯定能通过考试。事实也是如此，每一次的成功都让我感到无比自豪。

近几年，国家非常重视技能人才队伍建设，出台了多项支持补贴政策。我在单位也牵头制定了一些制度，支持员工参加职业技能培训，提升岗位技能水平。同时，为了鼓励同事参加考证，2023 年开始，我又开始了新一轮的考证之旅。

这次的考证之旅，与上一轮完全不一样。如果说之前是自由行，那么现在就是跟团游，而且报的是浙江财经大学的优质团，并且学习的目的也不同了。之前更多的是为了取证，获取职业发展的资本，现在心态更加平和，以过程学习为主，想了解新知识新趋势。考试报名后，我认真参加每一次的现场授课，珍惜与老师和同学们交流的机会。最终，通过自学、老师讲授以及大量的练习，一次性通过了考试。人生嘛，就是这样，只要你内心有目标和方向，那就拼尽全力为之奋斗吧。奋斗才有收获，收获感受，收获经历，收获成长。

学习，永远在路上

考证不仅仅是为了获取证书，更是一个逼迫自己持续学习的有效方法。考证，迫使自己从繁忙的工作、生活中挤出时间来学习系统的理论知识，再将这些知识运用到实际工作中，不断优化和改进工作方法。

同时，考证的过程也是一个拓展人脉的好机会。通过学习，我结交了一些志同道合的 HR 朋友。在遇到问题时，我们可以相互商量，共同寻找解决方案；在学习新知识时，我们可以深入探讨，碰撞出思维的火花；在个人成长的道路上，我们可以互相鼓励、支持，携手共进。此外，还认识了一些专业的老师，他们在我工作感到困惑时，为我指点迷津；在业务需要创新时，给予我宝贵的建议；在职业发展感到迷茫时，给我加油打气，让我重新找回前进的动力。

总之，考证学习是我的确定性选择，是一条持续学习、韧性成长的奋斗之路。面对复杂变化的世界，唯有保持学习，才能应对未来的不确定。让我们从当下开始，抛掉迟疑，勇敢地出发吧。

79. 钱优月：坚持与成长

个人基本情况

职　　务：人力资源总监
工作地点：浙江省杭州市
证书情况：2018 年企业人力资源管理师一级

考证之路：从这里出发

备考之初，我便怀揣着"报名誓要通过"的决心：要么不涉足，一旦决定，便全力以赴。3 月报名，11 月迎战。尽管职场生活繁忙，仍精心分配时间，确保学习效果。依循教材脉络，逐月铺排学习任务，并加入培训班线下课程，紧跟教学步伐，稳扎稳打。

心路历程：坚持与成长

每次课后，我都会及时复习所学内容，并通过刷题来巩固。为了加深理解和记忆，每一章节都制作了思维导图。对于每一道真题，我会细读原文，并进行拓展理解。教材厚达 900 多页，我还特意标注了每一道真题在书上的大致页码，这样就可以随时翻阅并回顾相关内容。

在考前两个月，我开始将知识点进行串联。在 HR 的实操中，人力资源的六大板块是相互关联、相辅相成的。因此，我注重将招聘体系、培训体系、薪酬体系、绩效体系等联动起来，以构建坚实的人力资源管理知识框架。在备考的过程中，我积极参加培训班的线下课程，结识了一群志同道合的小伙伴。我们互相鼓励、监督，分享学习资料和心得，共同面对了许多困难和挑战。

虽然备考过程充满了挑战和艰辛，但我始终坚信：只有坚持下去，才能看到成功的曙光。

四人考霸团：凝聚的温暖与成长

备考期间，我结识了众多努力且充满热情的 HR 小伙伴。为了激励彼此，我们组建了四人考霸团，并设定了共同的目标：确保群组成员 100% 通过考试。在这个小团队里，我们互相监督、鼓励，每天的学习成果都是我们交流的焦点。

有一次，培训学校的导师在课堂上分享了一个高效的刷题方法。我们考霸团成员立即开始实践。最终，在大家的共同努力下，我们考霸团四人组全部顺利通过了考试，获得了企业人力资源管理师一级证书。

在这个过程中，我们收获的不仅仅是证书本身，更是深厚的友情、坚定的信任和个人的成长。这段经历将永远铭刻在我心中，成为我职业生涯中宝贵的财富。

心之畅享

在漫长的备考之路上，我深切地感受到了学习的魅力与力量。每当我在知识的海洋中遨游时，我都深深体会到，持续学习是我前行的灯塔。

回首那段备考的日子，那些日日夜夜的奋斗，磨炼了我的意志，磨砺了我的毅力。在备考的旅程中，我收获的不仅仅是知识和技能，更多的是成长与喜悦。这些经历让我更加成熟，更加自信，为我未来的职业生涯奠定了坚实的基础。

时光荏苒，自从 2018 年我成功获得企业人力资源管理师一级证书以来，我就致力于将所学知识应用于实际工作中。然而，随着时代的进步和人力资源领域的飞速发展，我意识到，只有持续地学习和不断地自我提升，才能跟上时代的步伐。浙江财经大学人力资源产业学院为我提供了诸多具有实际意义且含金量极高的证书课程，如劳动关系协调师、职业指导师等。这些课程不仅涵盖了人力资源领域的核心知识，而且更注重实践应用，对于提升我的专业素养和实际工作能力有着极大的帮助。

展望未来，我将继续投身于人力资源领域的学习与实践之中，进一步拓宽自己的知识视野，增强自己的实践能力。同时，我也期待与更多志同道合的同行交流学习，共同进步，共同推动人力资源领域的繁荣与发展。

80. 翁飞飞：以考促学，激发内在潜质，助力职业提升

个人基本情况

工作单位： 杭州民生药物研究院有限公司

职　　务： 人事副经理

工作地点： 浙江省杭州市

证书情况： 2023 年企业人力资源管理师一级

在迷茫中，找到前进方向

2017 年，那年 34 岁，半路出家的我，有点迷茫，优势是技术出身，业务熟悉，但劣势也很明显，缺乏 HR 专业知识的支撑。临平区开展的 HR 课程，只要有时间我都会毫不犹豫地参加。

到了 2018 年，公司迎来新的人事行政负责人，科班出身，是我的直属上级。我们在专业度以及沟通的思路、角度上有时候会有些分歧。当时能按时完成任务，但离老板眼中的出彩似乎总存在着一些差距。有次在临平区参加 HR 培训时，老师问大家，谁考出了一级？当时只有 2 人举手，大家纷纷投以羡慕的眼光。我心里暗想，这个考试是人力资源专业的重要认证，以我的资质即便通不

过，系统地学习下，让自己有所进步也是挺好的。

在前进中，获得成长和证书

2023 年，我报名了人力资源管理师二级考试。尽管正值招聘旺季，工作上忙得不可开交，经常加班，但是我晚上能翻几页是几页。和家人商量好了，周末参加培训班的课程，孩子就托给家人。

每周末，起个大早，赶 1 小时路程，早 1 小时到培训点，想着占个前几排的座位，听课效果好一点。出乎意料的是，每次总有学员到得更早，只能占个中间的位置。不过，大家听课都非常认真，再加上老师经验很丰富，课堂上有问答、有案例分析、有思维导图的梳理等环节，我全程都沉浸在课程的学习中。另外，部分学员专业且全面的回答让我自叹不如，心想我也能这么专业就好了。模拟成绩出来时，三门通过了二门，有一门距离通过还有些差距。看到成绩的时候我不但没受到打击，反而备受鼓舞，更有信心考取证书。我尽可能地在工作之余抽出时间，将专业的题目背了又背。在考试通过的那一刻，激动的同时又觉得一切努力都超值，不仅学到了专业的知识还取得了证书。

在成长中，获得信心和肯定

在获证后的一段时间里，老板对我的专业素养肯定了许多，我的自信心也随之增加，同事也觉得我越来越专业了，说话也越来越有公信力了。在我负责的项目中，虽然有挑战，但同事和老板都很支持，项目得以有序地开展。

考一级证书，对我而言是必然的事情，满足条件后就果断报名了，过程相对顺利。备考过程中，我报了培训班，线下课程被安排在周末，每场都不错过；线上学习刚开始时进度缓慢，在培训老师的督促下慢慢地赶上了进度，虽然工作耗时比较多，但我尽可能地利用非工作时间进行学习，最终一次性地通过了三门考试。

每位 HR 都有过考证或是系统提升自己的念头吧，那就报名考证吧，让自己更专业，让同事更信任。就像多米诺骨牌，一步步往前推，把自己推向新的高度。

公司简介

湖州胜达资讯服务有限公司与杭州天则安全技术咨询事务所分别成立于2004年与2006年，它们都是专业从事管理咨询及培训的现代生产型、智慧型服务机构。公司拥有各类既有较高理论水平又富有实战经验的高级专家、国际注册管理咨询师、优秀咨询师、优秀培训师等数十人，能帮助企事业单位与市场经营主体实现降本提质增效，为高质量发展贡献管理智慧和力量。

公司主要从事战略规划与文化管理、组织设计与人力资源管理、专精特新与智慧工厂建设、质量管理与标准化服务、精益生产与现场管理、目标计划与绩效管理、市场调查与统计分析、清洁生产与绿色工厂、安全生产与应急管理、股权设计与风险管控等管理咨询，举办各类讲座及为企事业单位量身设计与实施内训等服务。

公司是浙江省管理咨询与培训协会监事长单位、浙江大学民本经济与管理研究中心理事会理事单位、浙江省统计信息调查服务行业协会理事单位、湖州市管理创新学会理事长单位。公司入围全国企业管理咨询机构推荐名录、浙江省首批管理咨询服务机构，荣获浙江省企业经营管理人员优秀培训基地、浙江省中小企业优秀服务机构、浙江省优秀管理咨询与培训机构、浙江省优秀管理咨询与培训机构二十大、浙江省AAA级守合同重信用单位、湖州市服务业百家优强企业、湖州市十佳服务机构、湖州市服务业名牌等称号。

2018年与2019年，公司联合湖州师范学院、湖州职业技术学院等高校、科研院所的专家学者，相继发起成立了湖州市管理创新学会与湖州市南太湖经济管理研究院。湖州市管理创新学会与湖州市南太湖经济管理研究院汇集了各类院校、科研机构、政府经济管理部门、社会团体以及企事业单位等广大经营管理与科技工作者，以"汇聚管理智慧、服务地方经济"为宗旨，普及经营管理知识与科学方法，开展多层次、多维度的智力支持服务，助推经济社会高质量发展。

联系电话：
0572—2211258

联系电话：
13587208958

81. 徐蜓：踏上考证征程，成就 HR 精英之路

个人基本情况

工作单位： 宁波市惠力诚仪表有限公司

职　　务： 人事行政经理

工作地点： 浙江省宁波市

证书情况： 2023 年劳动关系协调师一级

2024 年职业指导师一级

2024 年企业人力资源管理师一级

俗话说"活到老，学到老"，我们要有不断学习的认知，也要调整好自己的心态，遇到事情要冷静，以平和的心态去解决问题。

在考证的过程中，通过不断地学习，我调整自己的心态，增强了自信心。在这个竞争激烈的时代，这种自我修炼也为我的孩子树立了一个良好的榜样。

早在 2018 年，我就参加了人力资源管理师的考试，那会对这个领域的知识不是特别了解，就想着通过考证，可以学到更多的专业知识，也顺便拿到一张被认可的证书。

在符合人力资源管理师一级证书考试的报考条件的那一刻起，我便又一次踏上了一段充满挑战与成长的旅程。回首这段历程，感慨万千。我先广泛收集了相关的考试资料，包括教材、辅导书、历年真题等。通过对考试大纲的深入研究，我明确了考试的重点和难点。接着，我制订了详细的学习计划。将备考时间划分

为不同的阶段，每个阶段都有明确的学习目标和任务。例如，在基础阶段，我集中精力学习教材内容，梳理知识框架；在强化阶段，我通过做大量的练习题来巩固所学知识；在冲刺阶段，我重点进行模拟考试和真题演练，以加快和提高答题速度和准确率。

在备考的过程中，与我的同伴分工合作，相互监督，制定总目标、分目标，并切实落实到每月、每周、每天，通过每天一点点的进步，最终完成总的目标——通过考试。在学习的过程中，虽然每天白天上班、晚上看书很累，但每天都过得非常充实。

每次考试的时候，总会有点不太舒服，头也晕晕的，我的同伴会贴心地为我准备好吃的、喝的以及需要复习的资料。能碰到如此单纯的关心和爱护，真的很感动。我们要相信人间有真爱，尽管大家只是萍水相逢，但总有那么一刻，温暖彼此的心灵。

此外，在备考过程中，我通过做大量的练习题和案例分析，锻炼了自己分析问题、解决问题的能力以及逻辑思维能力。同时，在考试过程中，我学会了如何在有限的时间内合理安排答题时间，提高答题效率。备考企业人力资源管理师一级证书考试是一个漫长而艰苦的过程，在这个过程中，我经历了许多挫折和困难，但是，通过不断地调整自己的心态，我学会了如何在压力下保持冷静，如何在困难面前坚持不懈。这些成长将对我未来的发展产生积极的影响。

通过自己的努力，我于2023年和2024年先后拿到了劳动关系协调师一级、职业指导师一级和企业人力资源管理师一级的证书。

在考证的过程中，我结识了一大批优秀的人力资源从业者，从他们身上学习到了很多知识，也很感谢浙江财经大学给我们提供的这个平台。

考试的结束并不意味着学习的结束。在未来的工作和生活中，我将继续学习和探索人力资源管理的新理论、新方法，不断提升自己的专业素养和综合能力。同时，我也希望能够将所学的知识运用到实际工作中，为企业的发展做出更大的贡献。

总之，参加一级证书的考试是一次难忘的经历。通过考试，我不仅收获了知识和能力，也收获了成长和进步。

奋斗之心永不磨灭，拼搏之路绽放光彩。

82. 曹晓萍：从突破到绽放

个人基本情况

工作单位： 朝晖过滤技术股份有限公司

职　　务： 集团员工关系经理（支部书记）

工作地点： 浙江省嘉兴市

证书情况： 2019 年企业人力资源管理师一级

学习之路：不断前行

人生海海，一晃走出校园已二十余年。我离开了校园里一尺半的课桌，但似乎又从未真正告别。毕业后，我进入了一家外资企业工作，然而在工作中，我时常感到自己的学历略显不足。作为"70 后"，仅凭中专学历确实难以立足，因此我通过自学不断提升自己的学历，考取了职业资格证书。我深知"书到用时方恨少"，因此一直保持着学习的热情。除了获得过三份学历证书外，我还陆续取得了多个职业资格证书与技能等级证书。

考证之旅：突破与成长

考证的路是艰辛而孤单的，但同时也是充满阳光的。记得我之所以考取人力资源管理师三级证书，是因为我从事的是外贸管理与关务的工作。当时，台湾的BOSS指定了会计、董事长秘书和内贸助理去考取这个证书，却没有让我去考。人可能就是这样，得不到的往往被认为是最好的。同一个办公室的三个人都有了这个证书，而我却没有。我很疑惑，是因为我太忙，所以没有指派我去考吗？

第二年，我自告奋勇，并让同事给我介绍培训机构，了解了相关的考试信息，整理好自己的工作时间与工作量后，我向主管提出了我的想法，我也想涉猎这一方面的证书，我想从单证员的岗位扩充知识，为将来晋升到管理岗做好准备。主管看到我做了这么多准备，下定了这么大的决心，便也同意我去考这个证书，但前提是不影响本职工作。

于是，我一个外贸报检员接触到了人力资源管理这一领域，通读了三级教材，这对我的影响很大。我明白了，文职工作不仅是整理箱唛、打报关单，还涉及行政管理、职业规划、培训、薪酬与激励以及劳动关系管理等方面。三级人力资源管理师点燃了我从事行政管理，特别是做 HR 的热情。

在过去十年的职业生涯中，我完成了学历的三级跳。通过考证，我也拓宽了与外界的联系，结识了几位 HR 小伙伴。可以说，第一本 HR 三级证书开启了我的职场新篇章。我在公司申请转岗，调到了综合办公室，开始了与招聘相关的工作。两年后，我积累了一定的工作经验，也了解了 HR 这个圈子。机会总是留给有准备的人。我顺利地从原先的台资企业跳槽到了现在的朝晖集团，走上了行政管理转员工关系管理的专业领域的小众路线。将一两个模块做精，才是一个 HR 最快乐的事情。

坚持之美：成就与感悟

最令我印象深刻的考证经历就是我考取 HR 一级证书的过程了。我不是一次性过关的，而是经历了补考。功夫不负有心人，这是一个痛并快乐着的过程。记得补考那次，我身边坐了一个姐姐，她说她已经50岁了，这是她最后一次机会。无论成功与否，她都不留遗憾，毕竟已经拼尽全力了。也许就是这位姐姐的一句

"拼尽全力"激励了我。在第一次失利后，我继续报了黄会老师的班。除了上班，每个周末我都泡在嘉兴学习课程，也和老师结下了深厚的师生情谊。

终于，我不负所望，在2019年获得了人力资源管理师一级的证书。在国考即将转为省考的最后一次考试中，我顺利上岸。在此期间，我也用考取其他证书的方式来丰富每一年的业余时光，磨炼自己坚持读书的习惯，带动了部门的同事加入考证大军。在考一级时，我最大的收获就是养成了早起的习惯。早上头脑清醒，早起两小时，真的感觉拉长了一天，自由的时间更多了。因为上午和下午是给工作的，傍晚是给家人爱与陪伴的，自己再散个小步，根本没有读书的时间。在考证时才发现早读是这么的清醒，能记住知识点，那么就坚持吧。

83. 崔国伟：追求卓越

个人基本情况

工作单位：桐乡港华天然气有限公司
职　　务：人事行政部高级经理
工作地点：浙江省嘉兴市
证书情况：2024年企业人力资源管理师一级

学习历程与成长

企业人力资源管理师三级证书是 2018 年考的，当年收到桐乡市相关部门的通知，有人力资源管理培训课程，培训结束后可以考人力资源管理师，虽然从事相关工作，但没有系统地学习过，对于一些事件的处理还是一知半解，当时想这真是一个难得的机会，但同时也是怀着一种忐忑的心情：能不能学好？能不能顺利通过考试？

记得那段时间，我连续上了两周的晚课，外加两周的周末课程。学习是枯燥的，加之白天上班晚上学习，当时人真的很累，只想请假不上课了。但想想既然报了班，就要坚持下去。考前刷历年真题、背书，但感觉时间不够用，自己心里没有底。果不其然，有一门差了几分，想起来当时真是气，花了这么多时间没有通过，后来继续刷题、背书，参加补考后通过了。

企业人力资源管理师一级证书是 2024 年 1 月获得的。2023 年，得知可以考企业人力资源管理师一级时非常激动，虽然不知道还有没有精力去应付，但这是我在考证道路上的终极目标。人到中年，上有老下有小，时刻面临着对未来的不确定感，时常感到焦虑。学习也是为自己的孩子树立一个热爱学习的榜样，我觉得言传不如身教，以身作则，对孩子更有说服力。

三级到一级的蜕变

从考三级到考一级，我深刻体会到了学习的递进性和自己的成长。让我感受到世上无难事，只怕有心人。只要认真地去对待每件事，就一定会成功。在学习中成长，使我获得了丰富的经验。

如今考企业人力资源管理师一级的奋斗过程仍历历在目。报名学习的时间是 2023 年初，抱着认真学习的态度，以继续提升自己为出发点，毅然选择了报名。四五月就上完相关课程了，刚开始得到的消息是 11 月考，所以上完课也没有第一时间去背书，总觉得时间还长。直至 9 月才拿出老师讲的提纲复习起来。10 月就真正刷题和背书了，随着年龄的增长，记忆力比 2018 年时差得多了，简答题读第一遍时一点都记不下来，老师说只能多刷题、多背书，微信群里的同学们也不断地相互鼓励、加油打气。终于，考试顺利结束，证书也顺利拿到。

84. 黄会：解锁专业潜能，铸就职场辉煌

个人基本情况

工作单位：杭州市钱塘新区黄会企业管理工作室

职　　务：职业讲师

工作地点：浙江省杭州市

证书情况：2017 年企业人力资源管理师一级

　　　　　2018 年劳动关系协调师一级

　　　　　2024 年职业指导师一级

十年磨一剑，铸就人力资源领域的璀璨星光

回望过去，那是一条漫长而充满挑战的道路，但每一步都坚实地踏在了我对人力资源事业的热爱与执着之上。十年磨一剑，我不仅在人力资源的海洋中深耕细作，更在这广袤的领域中，逐渐找到了属于自己的光芒。

我深知：要想在人力资源这片沃土上生根发芽，就必须拥有扎实的专业知识和丰富的实战经验。当我开始着手考取第一本人力资源相关证书时，每当夜深人静，我独自一人在书桌前埋头苦读，那份对梦想的执着与追求便成为我最坚实的后盾。这个过程充满了艰辛与不易，但我始终以极高的热情和专注度投入到人力资源体系的咨询和培训中，不断积累实战经验，逐渐在行业内崭露头角。

我选择参加浙江财经大学的职业技能等级认定，不仅是对我个人能力的一次检验，更是对我多年来在人力资源领域辛勤耕耘的一次肯定。作为主讲人力一级、二级、高级等课程的资深讲师，我深知职业技能等级认定对于提升个人职业素养和竞争力的重要性。因此，我毫不犹豫地选择了浙江财经大学作为自己进一步提升技能的平台。

携手伙伴，共促人力行业发展

理论知识的学习固然重要，但真正的成长往往来自于实战的磨砺。在备考过程中，我遇到了许多感人的人和事。有一次，我在宁波的海港集团培训TTT实战修炼项目中，遇到了一位特别努力的学员。这位学员虽然基础薄弱，但凭借着坚定的信念和不懈的努力，最终在我与伙伴们的指导下取得了优异的成绩。这一经历让我深受感动，也更加明白了作为一名讲师的责任与使命。我不仅要传授知识，更要激发学员的潜能，帮助他们实现自我价值。这更加坚定了我投身教育培训事业的决心，此外，在与各培训机构合作的过程中，我也结识了许多志同道合的朋友和伙伴，我们相互鼓励、相互支持，共同为提升人力资源行业的整体水平而努力。

证书加冕，新程启航

随着考证之路的圆满结束，我作为不懈探索者的崭新旅程已悄然拉开序幕。它们如同一枚枚勋章，挂在我的胸前，闪着荣誉与自豪的光芒。每次备考都是一次自我挑战与提升的过程，而证书的获得则是对我努力的最好回报。我将以更加饱满的热情、更加坚定的步伐，继续在人力资源领域探索前行。

备考经历与职业建议

备考和拿证的过程对我来说是宝贵的经历。这次经历让我进一步明确了自己的职业方向和发展目标，也为我后续的工作和学习提供了强大的动力和支持。我相信，在未来的工作中，我会更加注重理论与实践的结合，不断提升自己的专业素养和综合能力。

作为主讲人力一级、二级、高级等课程的资深讲师，我深知备考和拿证的不易。我不仅要传授专业知识，更要培养学员的综合素质和创新能力。在教学过程中，我注重理论与实践的结合，鼓励学员积极参与实践活动。同时，我也积极与同行交流合作，共同探讨和解决人力资源领域的新问题、新挑战。我的努力得到了学员和同行们的认可与赞誉，这也让我更加坚定了自己为人力资源事业贡献力量的决心。

对于 HR 从业人员，我强烈建议要注重自身专业素养的提升和证书的考取。首先，要系统学习人力资源知识体系，掌握最新的行业动态和法律法规。其次，要积极参与实践，将所学知识应用于工作中，不断提升自己的实战能力。同时，也要注重与同行的交流和合作，共同探讨和解决工作中的问题。最后，我建议大家一定要选择一些知名的培训机构进行备考和拿证，这样不仅可以获得专业的指导和支持，还可以拓宽自己的人脉和资源。

我相信，只要大家付出足够的努力和时间，就一定能够取得优异的成绩。希望大家珍惜每一次学习的机会，不断提升自己的专业素养和综合能力，为职业发展打下坚实的基础。

见证成长，共筑未来

这十年间，我如同一名匠人，精心雕琢着自己在专业知识、实战经验和行业洞察上的每一个细节。每一次挑战，都是对自我极限的突破；每一次成功，都是对过往努力的最好证明。而收获的那一刻，仅仅是职业生涯中的一个重要里程碑，而非终点。

未来的路，既充满未知也布满机遇。我拥抱每一个新的挑战；以更加坚定的步伐，跨越每一个障碍，不断学习、不断创新，保持领先。只要心中有光，就能照亮前行的道路；只要脚下有力，就能跨越万水千山。我将以这十年的积累为基石，以更加开放的心态、更加敏锐的洞察力，去探索、去实践、去引领。在人力资源这片广阔的天地中，不仅要做一名优秀的从业者，更要成为那个勇于追光、照亮他人的最美追光者。

我期待着，在未来的日子里，与更多志同道合的朋友携手并进。只要我们心怀梦想、脚踏实地，就一定能够创造出更加辉煌的明天！

85. 黄敬亮：考证和读书

工作单位：浙江华铁应急设备科技股份有限公司
职　　务：人力资源总监
工作地点：浙江省杭州市
证书情况：2022 年企业人力资源管理师一级

很多不读书的人经常会有这个疑问，书有什么好读的，那么枯燥乏味。其实，读书有什么用，只有读书的人才知道。因为"最是书香能致远"，很多东西，眼睛看不到，读书可以，脚步不能丈量，读书可以，身体无法抵达，读书也可以。读书会让我们成为一个有温度、有情趣、会思考的人。

考证，可能只是读书的附属罢了，因为工作需要，又可当读书历练，正好率性而为。

孤舟蓑笠翁，独钓寒江雪的孤寂

2015 年的时候，一个偶然的契机，我报名了二级培训师考试。

读书，要静心而读，守住心灵深处的宁静和纯真，耐住寂寞，甘于孤独，聚精会神，心无旁骛。一个人慢慢系统地学习培训相关的知识，从理论到技能再到大作业，都在一点一滴地积累着。柳宗元曾说："真源了无取，妄迹世所逐。淡然离言说，悟悦心自足。"在明媚的春光里，小桥流水，白云悠悠，在树荫下，一本书，一把椅子，一杯清茶，感受清净、优雅；在寒冷的冬夜里，夜阑人静，万籁俱寂，在书屋里，就是一本书，一个人，一盏孤灯，手不释卷，感受幽静、惬意。正是有了这种"板凳甘坐十年冷"的精神，第一次考试，理论、技能、PPT汇报评审，一路通关，终有一种"守得云开见月明"的感怀。

采菊东篱下，悠然见南山的淡然

读书，不仅要坐下来，还要能读进去，书读进去了，就会沉浸其中，废寝忘食，乐而忘忧。阅遍人间春色后，有种悠然南山的淡然。

时间来到了2018年，有个同事报考企业人力资源管理师二级考试，就问我要不要一起，当时想，既然打算在人力资源这个领域持续发展，要有一本证书才能说得过去，于是动员了团队的人一起考证，一起在下班之后学习，一起在群里打卡，互相鼓励，彼此都沉浸在这种学习的氛围当中。我们一群有理想有抱负的人，在做一件有意义有价值的事。李清照曾说："枕上诗书闲好处，门前风景雨来佳。"人力资源管理师二级考试，于我而言，既有熟悉的感觉，又有系统的发散思维在里面，因为我曾在学校里面学习过相关的人力资源知识，又在实际的工作中用到过人力资源各个模块的专业知识，结合考试的需要，两相印证之下，很多问题就理解了。当时的心境相对比较平和，经历过、实践过、淡然面对。结果是不言而喻的，我们集体通关，对我们而言，也是情理之中。

会当凌绝顶，一览众山小的追求

在整个考证过程中，我们也结识了很多志同道合的小伙伴，大家不甘寂寞，发起了一个又一个挑战。这中间，我们一起参与了二级劳动关系协调师考试并顺利通过，挑战中级经济师也顺利通过。有两件事，很值得回忆。

一是跨界参与董事会秘书证书考试。考试内容太多太跨界，涉及公司法、证券法、交易规则等。对我而言，确实很难，但人总是要有追求的，既然选了诗和远方，便只能风雨兼程了。历尽沧桑，方显英雄本色，艰辛之后，美好如约而至。二是接受了两家培训机构的邀请，教授大家关于二级人力和二级劳协的知识，既遵循了人力资源各个模块的实践知识，又印证了考试点点滴滴的技巧。从背书到备课，这是心路历程的转变。多年以后其中一个同学突然发信息和我说："黄老师，我一级通过了，特来向您报告。"那一刻，我与有荣焉，有一种"我见青山多妩媚，料青山见我应如是"的感怀。

欲穷千里目，更上一层楼的远修

千江有水千江月，万里无云万里天。读书到最后，就深感自己的渺小和知识的博大精深，要毕生践履，求精图新。

2022年下半年，黄会老师说起了一级人力资源管理师的事情，问我要不要试一下，于是我又一次开启了备考之旅，虽然是一级考试，但是现在的心境更加成熟了，很多人力资源的工作、规则、操作手法已经内化于心、外化于行了。这次备考，不像前几次那样艰难，甚至只花了不到半个月的时间，就去考试了。结果出来后，黄老师很是惊讶，我竟然通过了，笑称我"走了狗屎运"。人生开挂，不过是厚积薄发，光鲜背后，都是我们看不到的努力。这个世界上哪有什么开挂的人生啊，不过是比别人付出更多之后的水到渠成。

最后，借用曾国藩的一段话与君共勉："盖士人读书，第一要有志，第二要有识，第三要有恒。有志则断不甘为下流；有识则知学问无尽，不敢以一得自足；有恒则断无不成之事。"

86. 黄婷婷：探索人力资源管理师之路，解锁职场潜能

工作单位：某央企控股上市公司

职　　务：人力资源副总监

工作地点：浙江省杭州市

证书情况：2023 年企业人力资源管理师一级

　　身为一名人力资源从业者，迄今已有多年的工作经历。最初决定踏入这一领域时，便深知一定要有坚实的理论知识作为支撑，而通过系统的学习考取专业证书无疑是一条路径，于是报考了企业人力资源管理师二级。

　　时光流转，在地产行业摸爬滚打多年的我，随着工作日益繁忙，加上考试政策有所调整（从 2019 年起，人力资源和社会保障部职业技能鉴定中心不再组织企业人力资源管理师全国统一鉴定），便暂未再关注相关考试。

　　然而随着行情下行，以及年龄的增长，越发意识到要为自己谋求更多的发展可能，便应该不断提升综合能力。于是，我开始聚焦于与本岗位相关的各种技能培训，以提高职场竞争力。

　　一次偶然的机遇，得知企业人力资源管理师证书不再进行全国统一鉴定了，

而是自 2021 年开始由人社部监管的第三方评价机构组织考试和颁发证书，证书的作用和效力不变，符合条件的人员同样能够领取职业技能补贴，并享受其他人才政策。于是在详细了解相关情况后，尽管当时并未觉得这个证书有多么明确的重大用途，但秉持着提升自己的想法，决定报考企业人力资源管理师一级。

报名之后，便开启了为期一个月的参训学习之旅。当时还在备考中级经济师，时间本就极为紧张，工作之余同时备考两个考试，压力着实不小。因此，我尽量平衡工作与学习，积极参加培训课程，同时也充分利用业余时间进行学习与刷题。

幸运的是，我顺利通过了企业人力资源管理师一级考试，获得了一级证书。这次成功，不仅是对我努力学习的充分肯定，也为我的职业发展注入了新的动力。

后来，凭借企业人力资源管理师一级证书和其他成果，我成功成为 E 类人才，成为新杭州人。如今回想起来，庆幸当初自己勇敢地迈出了那一步。倘若没有如此，我或许就与这些宝贵的机会失之交臂了。

在与同行朋友或是下属交流时，我也会劝他们抽空多充实自己，为自己考取一些证书，多争取一些可能。毕竟在竞争日益激烈的就业环境下，唯有不断学习，才能紧跟时代步伐，从而为自己的职业发展开拓更为广阔的道路。也衷心希望每一位 HR 都能拥有更好的发展，持续提升专业素养，为企业和社会作出更大的贡献。

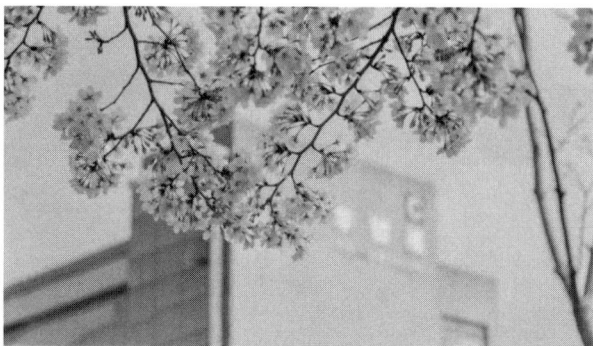

87. 康洪：步步为营，梦想渐近

个人基本情况

工作单位： 宁波沃森文体有限公司

职　　务： 人力资源总监

工作地点： 浙江省宁波市

证书情况： 2023 年劳动关系协调师一级

2024 年企业人力资源管理师一级

2024 年职业指导师一级

考证之路：我的成长与蜕变

2015 年，我参加了系统性的培训，考取了第一张人力资源管理方面的证书——企业人力资源管理师三级证书。2018 年，随着实践经验的积累，我意识到了理论知识的重要性，于是又考取了企业人力资源管理师二级证书。2020 年，我又考取了劳动关系协调师二级证书。

秉承着"活到老，学到老"的信念，2023 年我成功取得了劳动关系协调师一级证书。"学无止境，行以致远。"随着职位越来越高，认识的专业人才越来越多，专业知识的空白也越来越多，为了填补这些知识的空白，2024 年我又系统学习了职业指导师的相关知识，并成功通过了职业指导师一级证书的考试；同年夏天，又一鼓作气通过了人力资源管理师一级证书考试。

考证之路虽漫长又充满挑战，但每一步的坚持和努力都会让我离梦想更近一步，更有效地实现自我的提升和成长。

解锁知识之门：我的学习秘籍

接下来，我将分享我通过长时间的学习、探索、思考和实践而得来的种种感悟和认知。

一是坚定目标，保持乐观，绝不轻视每场考试。九年前，怀揣着对职业发展的憧憬，我选择了考取人力资源管理师三级证书。当考试成绩公布的那一刻，我深刻体会到了自己的不足。但幸运的是，我及时吸取了教训，端正了自己的态度。我开始重视每一次考试，并积极复习备考。就这样，我逐渐从失败中走了出来，一本本证书也被我陆陆续续地收入囊中。

二是步步为营，迈向目标。当心中有了明确的目标，我便开始规划我的学习之路。记得那时，我总是把书堆得很厚很厚，再努力将其读薄，循环往复。我深知，唯有勤奋与坚持，才能让我不断接近那个远方的目标。

三是及时总结，不断改进。我习惯用思维导图来总结自己的学习成果并结合实践经验进行反思和改进。这种不断总结和改进的学习方式让我能够不断进步和成长。

此外，在求知的道路上，有时我们或许会感到迷茫，或许会由于时间紧迫、精力分散而导致自控力稍显不足。这时，选择一个优质的培训机构，跟随资深的老师学习，无疑是一种明智的选择。在培训机构的日子里，我感受到了浓厚的学习氛围。老师们会用生动有趣的方式传授知识，让我对学习产生更加浓厚的兴趣。同时，我结识了许多志同道合的朋友，我们一起探讨，互相鼓励，共同进步。每天下班后，我都会准时参加培训课程，认真听讲，做好笔记。周末时，我也会利用空闲时间复习、巩固所学的知识。

希望我的经历能够激励更多的人不断追求进步和成长，为自己的职业生涯创造美好的未来。希望每一位在考证路上的"追光者"都散发出自己独特的光芒。愿大家逢考必过！

88. 梅林建：坚持与成长

工作单位：义乌市博宏针织有限公司

职　　务：企业负责人

工作地点：浙江省义乌市

证书情况：2019 年企业人力资源管理师一级

2023 年劳动关系协调师一级

梦 想 启 航

回想考取劳动关系协调师一级证书的过程，我心中充满了感慨。那是一段充满挑战又满载收获的时光，给予了我许多宝贵的感悟和体会。

起初决定考取这个证书，是因为我拥有许多年在企业担任工会主席的经历，在深入基层工会工作的过程中，我对劳动关系领域产生了浓厚的兴趣，并对自己的职业发展有了长远的规划。我深知劳动关系的和谐稳定对于企业和社会发展的重要性，也渴望能够在这个领域中发挥更大的作用。因此我在 2019 年通过系统的学习考取了劳动关系协调师二级证书。

随着对劳动关系的深入了解，我渴望进一步提升自己的专业能力。按照过去的国家职业能力等级标准，持有二级证书满四年便具备考取一级证书的资格，而如今的新国标已将这一期限延长至五年了。在寻找认定机构的过程中，我费了不少周折。幸运的是，我与浙江财经大学"结缘"。当时，金华、义乌等地并没有该工种的一级认定机构，经过多方打听，得知浙江财经大学具备该工种的认定资质，这让我感到欣喜。

在这里，我要特别感谢黄会老师。是她的悉心教导，让我掌握了扎实的理论知识和学习技巧。备考的过程虽然艰辛，但也十分充实。随着知识的积累和理解的深入，我逐渐能够将理论与实际相结合，更好地分析和解决工作中遇到的劳动关系问题。

砥砺前行

考试的那天，紧张与期待在我心中交织。候考室里，考生们或低头沉思，或翻阅资料，我也在争分夺秒地强化记忆，仿佛每一秒都显得尤为珍贵。当我终于走进考场时，心中却涌起一股难以言喻的自信。由于是机考，考场内只能听到考生们答题时敲击键盘的清脆声音。那一刻，我突然感到一丝紧张。但当我看到案例题时，我迅速调动起自己现实中的经验，通过举一反三的方式，冷静地进行分析和解答。最后顺利通过了考试。

回首这段经历，我感慨万分，这份激动之情至今依旧澎湃。因为这段经历让我深刻领悟到坚持的力量，也让我明白，唯有不懈努力，才能实现心中所愿。同时，我也更加珍视每一次学习和成长的机会。

展望未来，我将肩负起这份证书所赋予的责任与使命，继续在劳动关系领域中深耕细作，不断探索与实践。我渴望为构建和谐稳定的劳动关系贡献自己的一份力量。作为一名企业基层党建工作者和工会工作者，我将不断把所学应用于实践，并在工作中认真践行社会主义核心价值观，以实际行动传递正能量，助力企业和社会的发展。

经验之谈

　　备考劳动关系协调师一级的过程可以概括为几个关键步骤。首先，充分了解考试大纲和题型，明确重点和难点。其次，制订合理的学习计划，利用碎片化时间确保知识点的全面覆盖。系统学习理论基础和相关法律法规，构建扎实的知识体系，同时注重将理论与实际案例结合，注重在工作中的应用。此外，通过大量练习提高答题速度和准确性，必要时参加专业培训以获得系统指导。保持积极的心态，并进行考前模拟，以适应考试环境和减轻紧张情绪。通过这些方法，能够有效提升备考效果，为顺利通过考试打下坚实基础。

89. 盛海丰：八载归零，再启新篇

个人基本情况

工作单位：海宁哈工现代机器人有限公司

职　　务：人力资源经理

工作地点：浙江省海宁市

证书情况：2019 年企业人力资源管理师一级

心灯引路，证道启航

　　2007 年开始参加工作，原本从事技术中心文职类工作。2015 年公司易地搬迁，当时孩子还小且体质虚弱，不敢离家远，就没有随同前往。重新寻找工作时，我本着归零的心态，同时也接受了降薪的现实，幸运的是很快便有了新的机会，这个新的工作机会让我踏上了人事新岗位，开启了新的旅程。尽管有心理准备，但不同专业之间的知识体系、思维方式和工作方法都有较大差异，不熟悉的领域和人际关系等问题对我来说都充满了极大的挑战。每次受到委屈，都默默地告诉自己要坚强：现在离开便是逃兵，既然选择了就得咬紧牙关去克服一切困难，待工作游刃有余，能证明自己实力时再潇洒离开也强过当逃兵。我就这样凭着不服输的劲，过着刀枪不入的生活。2015 年 8 月，有次办公室同事聊起考证，说人力资源也有证可考，于是我便上网查找报考条件、让同事推荐培训机构，想着这下既能系统地学习人力资源专业知识，又能结识行业内的一批高手，拓宽自己的视野，于是立即报了名。

在备考时，专业知识和实战经验的匮乏，让我感觉非常吃力，很多知识点看不明白，而且白天要上班，回家还要照顾孩子，一时间压得我有些喘不过气来。但为了获得证书，我便制订了自己的学习计划，每天早上 5：00 至 6：30 和晚上 20：30 至 23：00 甚至更晚，保证一天至少 4 个小时的学习时间，做好课前和课后预复习和刷题等。在老师的引领和同学们的相互打气之下，经过 2 个多月的艰苦奋战，踏进考场的那一瞬间已淡然无悔。功夫不负有心人，最终通过了。

有了这次成功的经历，我又趁热打铁考了经济师中级，之后考取了企业人力资源管理师一级证书。

苦尽甘来，惊喜回馈

当拿到人力资源界最高级的技能认定证书的那一刻，成就感、喜悦感和满足感扑面而来，百感交集。有了这张证书，在面对工作中遇到的挑战时，我变得更加自信，能够挺直脊梁，处事从容不迫。这张证书带给我很多实际的好处，比如拿到了政策补贴、每年享受到了年度健康体检、提升了职业竞争力、获得了更好的工作机会、一路的升职加薪等，这些都是出乎意料的惊喜和回馈，也让我更加珍惜这段备考经历，坚定未来继续努力的决心。

通过自身的经历，我想给 HR 朋友们分享一些发展提升的建议：

提升专业技能：要持续提升自己在人力资源领域的知识和技能，可以通过获取人力资源相关的证书、参加培训课程、研讨座谈会等方式，以保持自己在职场中的竞争优势。

建立人脉关系：多与同行交流经验，建立广泛的人脉关系，有助于多渠道了解行业的最新动态和趋势，为自己的职业发展提升创造更多机会和条件。

追求持续进步：定期复盘总结自己的工作，发现不足并加以改正。通过不断结识行业内优秀同伴及老师、学习新知识，提升自己的能力和水平。

总之，HR 从业者要以持续学习和进步的态度，通过各种途径不断地去提升自己的专业技能和综合水平，才能适应当下和未来不确定、不间断发展变化的社会市场环境和公司需求。

90. 程丽丽：HR 的道路上，
不断奋进，砥砺前行

个人基本情况

工作单位：江苏网新博创科技有限公司杭州分公司

职　　务：人事主管

工作地点：浙江省杭州市

证书情况：2023 年企业人力资源管理师一级

从猎头到 HR 的蜕变

2013 年毕业于南昌大学，但 2012 年下半年我就开始投入工作，做了 3 年一线销售，2015 年开始从事猎头工作。猎头的工作通常具有较大的时间压力和较高的业绩要求，需要在短时间内为企业找到合适的人才。此外，作为一名具备销售能力的高级猎头顾问还需要不断地开拓新客户，维护与老客户的关系，这也增加了其工作压力。四年时间，我在猎头行业积攒了丰富的人脉和经验，也加深了对 HR 行业的认知。2017 年为了夯实自己的理论基础，我开始备考二级企业人力资源管理师。在高强度的工作下努力学习，终于在 2018 年 2 月拿到了证书。2019 年真正从行业上做了转型，正式退出猎头圈子，转战企业做 HR。

猎头的主要职责是为企业寻找合适的高端人才，他们需要深入了解不同行业的动态，建立广泛的人脉资源，并具备敏锐的人才识别能力；而 HR 则需要把握人力资源管理的各个方面，如招聘、培训、绩效、薪酬、员工关系等。因此，从猎头到 HR，除了不断学习，还需要提升自己的专业素养以及实战经验。

拿到二级证书 4 年后，我悬而未决，一直犹豫是否要去考取人力资源管理师一级证书，是否要创业？这个问题一直没有定论。企业人力资源管理师一级证书是否重要？答案肯定是重要！想要提升自己，考证是必经之路。然而，我每天还要工作，没有很多时间学习，想要一次考过还是挺难的。因此，我决定报一个靠谱的培训机构，跟着老师学，确保一次通过！备考过程中碰到公司招聘旺季，每天忙得不可开交，只能晚上逼着自己熬夜刷题。顶着多重压力，我熬过了漫长的 2 个多月。

到了考试现场，有一幕令我印象非常深刻：开考前，一栋楼下有上百名考生在排队，还有很多人狂背书、抄笔记。这样的场面让我瞬间有种回到学生时代的感觉。原来大家都跟我一样，抑或跟他们一样，虽然我也知道在杭州这样的新一线城市，从不缺优秀人才；但当你努力走到终点的时候，你会发现努力的过程是值得的。步入社会很多年后，重新拿起书本的那一刻，自己也担心是否能坚持下来，但经历这个过程后发现，一切都是最好的安排。当然，功夫不负有心人，我最终顺利通过了考试。

取得证书后的感受

2023 年底拿到了一级证书，通过系统的学习和培训，再次深入理解了人力资源管理的理论和实践。一级证书的考试内容涵盖了行业的最新趋势、前沿理念和先进的管理方法；备考期间，我一直保持学习的状态，提升专业技能，有很多意想不到的收获。人事工作本身就是一个比较不错的职业，拿到企业人力资源管理师一级证书的时候，就是我们有足够的实力来胜任更有挑战的岗位的时刻。感谢自己的付出，让我们一起与时俱进，砥砺前行。

91. 程亚男：追逐梦想之光

个人基本情况

工作单位： 浙江省浙派教育生态科学研究院

职　　务： 人力资源总监

工作地点： 浙江省杭州市

证书情况： 2024 年企业人力资源管理师一级

追逐梦想的光

在职场上摸爬滚打了 21 年，我深知不断学习和自我提升的重要性。作为一名职场老兵，我始终认为，专业技能的提升是职业生涯中不可或缺的一部分。早在 2008 年，我便考取了企业人力资源管理师二级证书，那是我职业生涯的一座里程碑。2024 年，时隔多年，偶然的机会参加了浙江财经大学人力资源产业学院的 TTT 讲师培训，发现身边很多同行已经拥有一本甚至多本一级证书，那一瞬间，我内心的考证火苗又被点燃了，我也要拿下企业人力资源管理师一级证书，那是我心中的一道光。

备考一级的过程是艰辛的。白天，我需要处理公司的各种事务，晚上回到家，我还要照顾两个孩子。哥哥高二升高三，正处在学业的关键时期，而不到三周岁的小宝宝则需要我更多的关爱和陪伴。在这样的情况下，我必须合理安排时间，确保备考和生活两不误。

学习很苦，坚持很酷。这句话以前都是父母用在孩子身上的，在我的家庭中，基于我们的现状，我决定自己先做到，让孩子看到。因为时间有限，我只能利用碎片时间进行学习，不过大多是晚上，我需要在 3 岁不到的弟弟入睡后，才开始学习。这样的生活节奏虽然紧张，但我却乐在其中。因为我知道，每一次的努力都让我离梦想更近一步。

收获的喜悦

2024 年 9 月，经过一轮补考，我终于通过了一级证书的考试。那一刻，我感到无比的喜悦和自豪，第一时间跟我家老大分享了这个消息，孩子也替我感到高兴。我想这不仅仅是因为我实现了自己的目标，更是因为我的坚持。

备考过程中的每一次挑战，每一次坚持，都成了我宝贵的财富，与此同时，我的经历也对孩子（尤其是哥哥）产生了积极的影响。他们看到了我为了实现目标而不懈努力的过程，也感受到了我实现目标的喜悦。我用自己的行动告诉他们，只要有梦想、有计划、有行动，就一定能够实现目标。

提升自我，引领团队

考取一级证书后，我变得更加自信。

同时，我也将我的知识和经验传授给团队成员，帮助他们提升自己的专业技能。我鼓励他们设定目标，制订计划，不断学习和进步。我相信，一个不断学习和成长的团队，才是公司最宝贵的资产。

持续学习，不断进步

通过考证这件事，我想对其他人力资源从业人员说：不要停止学习的脚步，在这个快速发展的时代，只有不断学习，才能跟上时代的步伐。无论是考取证书还是参加培训，都是提升自己的好方法。

最后，我想说的是，无论我们处于职业生涯的哪个阶段，都要保持一颗积极向上的心。只要我们有梦想、有行动，就一定能够成为自己生命中的最美追光者。

92. 韩晨辰：在机遇与挑战中不断突破

个人基本情况

工作单位：某中日合资公司

职　　务：人事经理

工作地点：浙江省嘉兴市

证书情况：2023 年企业人力资源管理师一级

明确目标，勇敢再出发

接触人力资源证书的那年，已经是我工作的第六年。在那之前，我并没有清晰的职业规划，对提升职业技能也没有多大的兴趣。

本科就读日语专业的我，在杭州的一家日企做了两年行政后，辞职回了老家，又在村里工作了 3 年。那段时间很迷茫，觉得这不是我想要的生活，想换个工作换个环境，却发现除了日语我似乎没有其他的技能。

直到 2017 年我进入现在就职的这家中日合资公司，我的目标才渐渐明晰起来。当时公司刚成立不到半年，有较大的发展和晋升空间。集团总部派来的部长与我面谈时提到，希望我能成为"多面手"。语言是我的优势，如果能多掌握一项技能，有助于增强我的竞争力。后来我了解到她也是日语专业毕业，工作后进修了法学专业，还自学了管理学的相关课程，是一位非常自律自强的前辈。因为人手不足，我有时会帮助负责人事的同事处理一些工作，渐渐对人事工作有了兴趣。从网上了解到企业人力资源管理师的认可度较高，于是打算考取相关证书。一番咨询后发现，我符合人力资源管理师二级的报考条件，经过在培训班学习，我于2018年2月通过了考试。

互相激励，争做"工匠"

我的领导得知此事后非常高兴，肯定了我的行动力。在她的鼓励下，好几位同事都加入了考证大军，一时间办公室的学习氛围浓厚起来，我也重拾了学习的热情。

随着轮岗以及人员离职带来的工作调整，我在人事岗位上一路晋升，这让我对继续学习有了更大的动力。其间我取得了劳动关系协调师三级证书。

2023年初，我凭借多本技能证书，入选了首批"嘉兴青年工匠"。同时，我关注到越来越多的新闻、政策提到了鼓励支持职业技能提升，弘扬"工匠精神"，以及培育"中国工匠"。这让我再次意识到了提升职业技能的重要性。

结缘浙财大，与良师益友共同进步

报考人力资源管理师一级前，我顾虑较多，担心改革后证书的含金量，也担心异地考试会有诸多不便，最终在培训机构的推荐下，选择了浙江财经大学组织的认定考试。我在大学期间曾去浙江财经大学听过讲座、上过公开课，因此感觉较为熟悉和亲切。

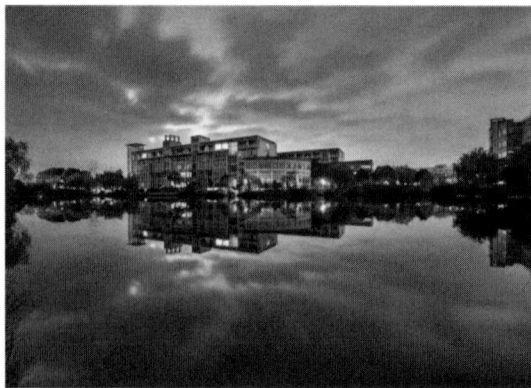

每周日我需开车 20 多千米去市里上课，巧的是给我们上课的仍是当年学二级时的培训老师。犹记得当初考试前，他预祝我们顺利通过，相约四年后再见，继续找他学一级。转眼 5 年过去了，培训机构从老区旧屋搬入了高档写字楼，身边的同学换了一批，但初心未改，终有所成。

2023 年 8 月，我通过了考试，更有幸的是，在 2024 年 3 月成了第一期 TTT 培训班的学员。经过两天的培训，结识了不同行业的优秀 HR 们，开阔了眼界，同时再次深刻地认识到了自己的不足，但也更加坚定了要努力提升自己的决心。浙江财经大学人力资源产业学院为大家提供了一个平台，整合各方资源，促进交流学习。会员在吸收养分、自我成长的同时，又为俱乐部的发展做出贡献，形成了良性循环，实现了共赢。衷心祝愿产业学院及所有学员前程似锦、一路生花。

93. 蒋雪珍：岁月的磨砺——成长与收获的旅程

个人基本情况

工作单位： 杭州创新生物检控技术有限公司
职　　务： 总经办主任
工作地点： 浙江省杭州市
证书情况： 2023 年企业人力资源管理师一级
　　　　　　　2023 年劳动关系协调师一级

往昔岁月中的艰难抉择

如果时光倒流，我会把日历翻回到 2006 年，那是我攻读人力资源研究生进修班的第二年，同年决定报考二级企业人力资源管理师。此前，我深入了解了企业人力资源管理师的性质、考试内容和职业前景，并结合自己的职业发展进行了详细的规划，进一步坚定了自己的目标和动力。在备考过程中，我也面临不少挑战，比如在学习、工作和生活之间如何找到平衡。那时候女儿还小，家里人都希望我能有更多时间陪伴孩子。也有人不太理解，为什么我在工作已经很忙的情况下，还要考研和考证。最终，我做到了，感到欣慰的是，所有的选择和决定都得到了家人的支持与理解。

砥砺前行中的成长与收获

时光如流水，16 年一晃而过。2022 年，我顺利通过了人力资源管理师（中级经济师）的考试。2023 年又考取了一级人力资源管理师和一级劳动关系协调师证书。在这段时间里，我不断提升自己，获得了多个与 HR 有关的证书，学习从未间断。回首这 17 年的学习历程，我一直热衷于知识的探索，不断尝试不同领域的学习和考证。这段学习成长之旅助力我从普通员工晋升为主管，再晋升为集团公司部门总监。当前，我也仍在朝着我的职业目标努力前行。

备考的经验分享

在备考过程中，我发起并组织了多个小型互助学习小组，每组 5 ~ 20 人。作为组织者，我制订学习计划，并在学习群里定期分享大家的进度。我们共同备考企业人力资源管理师、中级经济师以及劳动关系协调师等证书，由于这三者的知识体系在很多方面具有互补性，我们通过梳理知识点，逐步将其形成一个完整的知识网络。这样的学习模式帮助我们更好地理解和记忆相关内容。这种平等而互相激励的学习方式，也在一定程度上化解了成年人的惰性和"考不出会很丢脸"的心理负担。

不同赛道上的磨炼

回顾近 30 年的职场历程，学习和考证像是我职场晋升的左右腿，始终并行。20 世纪 90 年代，我在服务行业一线工作，因机缘巧合从其他部门的管理岗转岗为全职培训讲师，说是机缘巧合倒不如说是我人生职场上的又一位"伯乐"出现了，那时候的我负责 500 余人规模酒店的 HR 培训工作；21 世纪互联网、物联网和新媒体的快速发展，使我成为这个行业中的一名资深 HR 从业者。多年"996"的磨砺，我不断成长蜕变，随后进入生物医药行业，继续从事人力资源管理工作。在过去十年中，在我的管理和带领下为公司成功申报了数十个区级以上（含国家级）的各类项目。通过建立完善的行政人事管理制度实现了零人事劳资纠纷，产线工人离职率始终控制在 2% 以内。

    在提升学历的同时，我也无缝衔接了浙江大学人力资源 MBA 的学习，并考取了多个与 HR 及相关行业的技能证书。回首 20 余年的职场选择与学习旅程，我的人生充实且快乐。这些证书不仅验证了我的学习成果，也体现了我的工作能力。每一次考证经历都让我深刻体会到学习的乐趣和挑战的价值，同时也让我学会了在压力下保持冷静与自信。这份从容与坚定将深深烙印在我的职业生涯与生活中，成为我不断前行的动力，对未来的工作和生活产生深远的影响。

    "玉在山则草木润，珠生渊而水不枯。"在我的人生旅途中，知识的力量和技能的魅力始终伴随左右。

    未来，我将继续与年轻人一起在考证的路上奋勇前行。

    最后，愿我们各自努力，千里同风！

94. 游敏：考证故事——逐梦之路的坚守与成长

个人基本情况

工作单位： 江西省途尚人力资源开发有限公司

职　　务： 总经理

工作地点： 江西省抚州市

证书情况： 2024 年劳动关系协调师一级

2019 年，我终于实现了自己的一个小目标——取得了二级劳动关系协调师的证书。这一路走来，既有挑战，也有收获，更多的是那种从未放弃的坚持与决心。

我的求学之路并不平坦，但我始终保持着对知识的渴求。在浙江财经大学这所国家重点学校，严谨的学风和权威的教学让我对人力资源管理有了更深的理解和认识。每次走进教室，看到一群优秀的学子为梦想而努力，我的心中总会燃起一股强烈的斗志。那段日子，我深刻体会到了"机会永远是留给有准备的人的"这句话的真实含义。

有时候，当我觉得累、想要放弃时，身边总有一股股力量在激励我。每天早上 6：30，我都会看到我的两个孩子在认真地早读。那一刻，我的心被深深触动了。作为父亲的我，不禁反思：在孩子们坚持不懈的情况下，我有什么理由停下脚步呢？我必须和他们一起学习，做他们的榜样。看着他们那么小却能每天坚持学习，我暗下决心，不能让他们失望。

在这条考证的路上，妻子的支持也是激励我前行的重要动力。每当我面对繁重的复习任务感到无力时，她总是在我身后默默地鼓励我、鞭策我。她会提醒我，不要忘记自己的目标和梦想。她的坚定让我明白，我成功的背后离不开一个支持我的女人。正是这种来自家庭的力量，让我在面对挑战时，依然能够坚守初心，奋勇向前。

在考前的日子里，我常常在走廊和教室之间穿梭，看到周围许多同学都在为美好的未来而拼搏，都在为了那一纸证书而努力，拼尽全力。我也在这样的氛围中找到了自己的定位，明确了努力的方向。因为我知道，只有付出足够的努力，才能在考场上拥有十足的把握。

在相关老师的专业指导下，我报名参加了线上课程。这个选择让我感到无比庆幸。在学习过程中，相关老师提供的答疑服务让我在遇到问题时能够及时地得到帮助。每一次的解答都是我进步的阶梯，每一次的进步都让我离目标更近一步。考前的备考复习，充满了紧张而期待的气氛。通过一次次的复习，我逐渐对考试内容有了更深入的理解，内心的信心也愈加坚定。

取得证书的那一刻，我的心中充满了自豪与感动。这不仅是我努力的结果，更是对自己坚持不懈的认可。通过这次考试，我不仅丰富了自己的专业知识，也为将来能够更好地为客户提供专业的服务奠定了基础。我相信，帮助更多的企业在人力资源管理方面做得更规范、更合法，是我未来努力的方向。

考证的经历让我明白了要扎根行业，深入专业，坚持学习，忍耐浮躁，静待花开。每一步的积累都是对未来的投资，每一次的坚持都是对梦想的追求。无论前路多么艰辛，我都将继续前行，成为自己和他人生命中的光。

回首这段考证的旅程，我心中充满感激。感激家人的支持、同学的陪伴、老师的教导，也感激自己在追梦路上的坚持与努力。未来的路还很长，我会在学习的道路上不断前行，迎接更多的挑战，书写属于自己的精彩篇章。

95. 曾淑芳：遇见未知的自己

个人基本情况

工作单位：浙江小牛哥科技有限公司

职　　务：人力资源总监

工作地点：浙江省杭州市

证书情况：2024 年企业人力资源管理师一级

　　　　　2024 年劳动关系协调师一级

不负时光，不负努力

大学毕业后，我有幸进入蒙牛集团，在规范化的人力资源管理体系下，我得到了很大的成长，也顺利在 2012 年取得人力资源管理师二级证书。后来我随先生来到杭州，进入互联网创业公司，快节奏的工作环境让我很少有空闲时间，特别是成为职场妈妈后，就没心力考证了。直到现在国家鼓励技能提升，思忖着考证不仅可以提升个人技能，收获一本证书，给孩子树立一个学习榜样，还能享受一笔补贴，这学习动力足够让我决定挑战一级。

考证的难点是如何在工作与家庭的平衡中挤时间，属于职场妈妈的时间不多，主要是上下班途中、娃起床前和睡觉后的时间。备考之路一定是辛苦的，能坚持下来的都是有毅力的人。当别人刷着手机、睡着懒觉、出去吃喝玩乐的时候，仍有一群人跟我一样，正在挑灯夜读。一级知识点太多，仅靠死记硬背很快就会忘记，需要对知识点进行理解，方可记忆深刻。记不住时大声朗读，或用笔抄、电脑输入的方式加深印象。线下课我也一次不落，单程两小时，上一天的课后再返程，晚上到家感觉整个脑袋都晕晕的，倒头睡一小时才能缓过来。虽身体辛苦，但在老师对知识点进行系统梳理后，我能快速从知识面上将知识点串起来，顿感轻松很多。

考前订好酒店，当天7点左右到达考场。时间上的充裕可以消除考前焦虑，让自己更有信心应对接下来的3场考试。

暖心考务服务

真正走进浙江财经大学考场时，似乎也没那么紧张，几个月的充分准备让我更有信心。而且工作人员的贴心指引和考场一系列的布置安排，让我很感动。印象最深的是考场外的走廊上用塑料膜贴了一圈，方便考生放置物品；考前的抽奖环节也很有趣，要么开心拿奖，要么抽中祝福"考的都会，蒙的都对"，这对考生们是很好的心理宽慰。这些服务在我的学习经历中是绝无仅有的，浙江财经大学太暖心了。当然，功夫不负有心人，本次以平均80分的成绩通过了考试。

再接再厉

停下来之后发现生活作息已经改变，仍旧早早醒来，没事干还有点不太适应。而且经历人力一级备考后，记忆力似乎变强了。还结识了一群考证的小伙伴，我们相约今年再考一本证。

于是，带着一定要过的信念以及人力一级的备考经验，我开启了劳协一级的考证之旅。经过认真的备考，最终以平均分85.33的好成绩顺利上岸。没想到自己能在一年内同时取得一级双证。可见，只要积极行动，一切皆有可能。

得偿所愿

现在想想，今年的所有付出皆值得。考证不只是为了考证，考证过程中的收获更有价值。通过8个多月的学习，我建立了专业化、系统化的思维。回顾从业这么多年的经历，有些事情其实可以做得更好，我相信未来一定可以为企业的人力资源发展和劳动关系管理带来更大的创新与进步。此外，考证也让我养成了看书的好习惯，对未来探索更深、更广的知识领域，提高核心竞争力奠定了基础。同时，结识了一群优秀的伙伴，共同探讨各自企业的疑难杂症及解决方案。

当你处于人生上坡路、迷茫期或职业困惑期时，不妨尝试定一个学习目标，知识无疑是推动你前进的动力。只要坚定目标，并付诸行动，定会所求皆所愿，所行皆坦途。要么读书、要么旅行，身体和灵魂总要有一个在路上。我们永远不知道自己的潜力有多大，只有不断尝试和体验，才能遇见那个未知的自己。

96. 蔡雨露："技多不压身"一直是我前进的动力

个人基本情况

工作单位：杭州遂真生物技术有限公司
职　　务：人力资源管理师
工作地点：浙江省杭州市
证书情况：2020 年企业人力资源管理师一级
　　　　　2023 年劳动关系协调师一级

考证之路："技多不压身"引领我不断成长

小时候就经常听妈妈讲："技多不压身，饿不死手艺人。"2012 年因为单位离家太远不能应付孩子幼小衔接的关键期，经过深思熟虑后辞去了比较稳定的政府文员的工作。10 多年前现在的公司刚刚成立，我有幸成了公司的第一位员工，和大多数初创型公司一样，我的工作是行政、人事、出纳三岗一体。休产假时考出了会计证，出纳和行政的工作都还挺顺手，但人力资源这一块从未接触，所以培训成了迫在眉睫的事情。当时正好有一家培训机构上门宣传，我就毫不犹豫地报了名。当时我的条件可以直接考二级，于是就这样走上了考证之路。当时没有基础，加上孩子还小，每天等孩子睡觉后，再看书学习，过程十分艰辛。幸运的是，最后顺利地考出了我的第一本人力资源证书。

随着公司不断成长壮大，各部门也逐步实现了职责分离。当时觉得会计越老越有价值，一度认为这工作更有前途，于是想转战财务考证。在取得会计初级职称后不久，觉得自己并不适合财务工作，正好此时人力资源同事因为怀孕离职了，公司正在准备招聘新人。于是我向领导申请回到人力资源的岗位上。考一级证书是我转岗当天就做的决定，我马上联系了原培训机构报名，当时正值最后一次国考，19 年工龄就能考。但如果一门都没通过，那就需要有二级证书才能报名参加省考。由于当时我报名太晚，线下课程已经差不多要结束了，机构建议我先上课，第二年 5 月再考。一级没有二级那么容易，未能一次性通过。结果补考又遇上新冠疫情，孩子也正好赶上中考，备考压力还是挺大的，但经过不懈努力，总算取得了一级证书。

2023 年在闺蜜的动员下参加并通过了浙江财经大学的劳动协调师一级的考试。

考证的心得：俗话说"物以类聚，人以群分"。一个好的学习圈子会让人上进，人力资源管理师一级和劳动关系协议一级的考试就是需要几个好学的同学组成一个学习小组，互相打卡鼓励；同时要先理解，再记忆，通过做题来巩固知识。

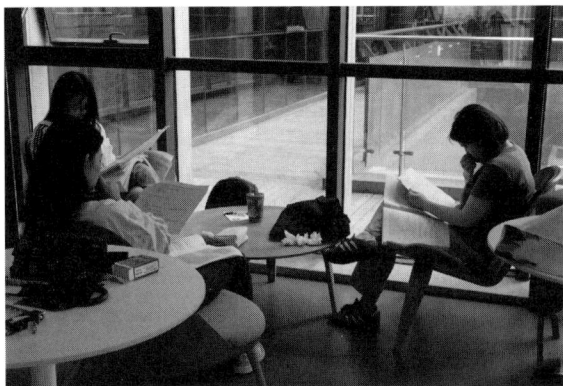

知识积累和经济效益共赢

HR 的从业人员一定要不断提高自己的专业技能，才能在自己的工作岗位上得心应手，才能在人才济济的社会中不被淘汰，提高自己的生存能力。不要放弃任何学习的机会，付出的努力会在合适的时间给你回报。

当年国考后的省考就是一定要有二级证书并达到规定的年限才能考一级，"机会总是留给有准备的人"在那时体现得淋漓尽致。如果当年没有考出二级，那我也不可能在退休之际能有机会考出一级。回顾自己这十几年的考证历程，不停地给自己充电，也给孩子树立了榜样。同时一级证书也给自己的退休带来了高级技师增资的资格，也算是给自己的前半生交出了一份满意的答卷。

97. 蔚娟：向外看，向内求，坚持终身成长

个人基本情况

工作单位： 杭州天谷信息科技有限公司

职　　务： 人力资源服务经理

工作地点： 浙江省杭州市

证书情况： 2024 年企业人力资源管理师一级

初入职场便有缘进入了人力资源服务性质的公司，从此便成为一名人力资源的从业者，刚步入社会的我青春懵懂，满腔热血，默默地定下目标，要在职场中步步晋升，闯出属于自己的发展道路。我深知理论与实践相结合在工作中的重要性，在从事培训岗位时，培训界流行 271 成长法则，个人的成长组成中 70% 来源于实战，20% 来源于同行之间的经验交流，10% 来源于理论知识。我作为职场小白，想法单一，希望通过考证来充实自己的专业知识，向优秀的同行学习，打开自己的视野，不断提升个人能力，技多不压身是作为职场小白的我在那时期的追求。

我依然清晰地记得每个双休日泡在图书馆自习的时光，就这样通过自学我拿下了企业人力资源管理师三级证书，对于个人来讲，有了小小的成就感，但这只是个开始。我趁热打铁于第二年考取了企业人力资源管理师二级证书。这些年的

积累让我在职业发展上也一路向上，我喜欢与业务伙伴在一起，基于对业务的认知与理解，帮助他们洞察组织问题继而提出解决方案。

工作的繁忙加之生活角色的丰富，让我慢慢地从职场小白变成了职场老人，从小姑娘变成了宝妈。有一天，我突然想问自己："我的价值是什么？用什么可以衡量自己的价值？"这些潜意识不断地冲击着我，有一天我突然意识到，为什么我不能继续去考证，用自己的行为去影响孩子，与其说教，不如用行动告诉她，无论在哪个时间，哪个年龄段，保持成长是我们人生最需要追寻的事情。

与其无畏地内耗，不如行动起来。决心报考企业人力资源管理师一级的时候，开始接触到了浙江财经大学职业技能等级认定。因工作的繁忙让我不能有大片的复习时间，同时作为一个职场妈妈，工作日基本贡献给了岗位，于是我利用每一个周末早晨娃还未起床的时间复习，减少社交，从此开启了上下班地铁通勤刷题，夹缝中复习的时光，但依然感觉时间不够用。

我一直以来的信念是：既然决定要做，就要一次性通过，不要再浪费时间去复考。为了能够顺利通过，在临考的几天休了年假，在星巴克全天备考复习。有天为了能占到位置，我去得很早，但边上已经有一位姐姐在学习了，年龄仿佛50多岁，优雅且有气质，认真学习的样子真美。

终于到了参加考试的时刻，那天我早早地来到浙江财经大学，映入眼帘的是认真复习的考生，醒目的条幅，还有一群穿着工作服的服务人员，他们耐心温柔地帮助考生进行答疑，阳光下的草坪上，不同年龄和水平的考生，真实地展现了"山外有山、人外有人"的深刻道理。那些比你优秀的人往往更加努力，这让我在向外看的同时学会了自省。

不做让自己内耗的事情，努力终会获得回报，回想起查询成绩的那刻，依然很激动，当打开系统看到成绩合格的字样时，内心泛起了涟漪。自信与成就感是通过自己的努力去获得的。在考证前的很长一段时间我一直质疑个人的能力与价值，当拿到证书的那一刻，那些质疑都已"烟消云散"，证书是一个量化的结果，但备考的过程是极具价值的，我收获了更高效的学习方法、更有效的时间管理能力、体系化的专业框架，提升了逻辑思维能力，见证了众多的最美追光者，感受到了榜样的力量是无穷的。

向外看获得自省，向内求修炼内功，内核的强大足以抵抗外界的一切干扰。拒绝内耗，拒绝躺平，人生像一场马拉松，只要向前，终将到达终点。回归简单的本质，尽管去做，星光不问赶路人，时光不负有心人。

98. 潘荷芳：一起追光吧

个人基本情况

工作单位：浙江恒宸建设集团有限公司

职　　务：人事经理

工作地点：浙江省杭州市

证书情况：2023 年企业人力资源管理师一级

因考证结缘浙财大

我先后参加了企业人力资源管理师二级、经济师（人力资源方向）、企业人力资源管理师一级的考试，其中企业人力资源管理师一级和二级都是一次性通过的，经济师却考了很多次。神奇的是每次考试都被安排在浙江财经大学，对这不是母校却胜似母校的考场已经有了特别的熟悉感，让我可以从容地面对每一次挑战，发挥出正常乃至超常的水平，最终得以考证上岸。所以我非常感谢浙江财经大学这个平台，缘分把我跟浙江财经大学联系到了一起，甚至有时候考虑在职研究生要报浙江财经大学的 EMBA。

考证历程回顾

自大学毕业从事人力资源工作至今已有 16 年，从在校生时就对企业人力资源管理师有所关注，但是一直没有太大的决心和实际行动。直到 2018 年，因为工作表现得好，领导给我申请了一个公费培训的机会，我毫不犹豫地报名了企业人力资源管理师二级的考试。因为机会只有一次，我格外珍惜和重视，心里暗暗下定决心要一次性通过所有考试，拿到证书。虽然每个周末都参加线下课程的学习，但是平时既要工作又要兼顾家庭，基本没有时间巩固知识，在复习冲刺阶段，我只能通过请假来突击学习。功夫不负有心人，最终考得还可以，拿到了人生第一本含金量比较高的证书，不知不觉间也增添了几分自信。

考虑到距离报考企业人力资源管理师一级还要过五年的时间，这漫长的等待可能会让我失去考证的热情，加上刚尝到考证的"甜头"，岂能就此停止脚步？于是我又报考了经济师。谁知经济师考试一考一个不及格，两三次下来人就蔫了，多次败下阵来。我不得不好好复盘，发现动力不足、决心不够是重要因素，更别提有什么周密的学习计划了，除非有中彩票的好运，否则肯定通不过，因为内心深处已经为失败找好了充分的理由：既要上班，又要照顾孩子，没有时间看书。好在经过不懈的努力，证书还是拿到了，但这个过程非常艰辛。

时间过得很快，转眼间来到了可以报考企业人力资源管理师一级的节骨眼上，基于前几次考证的经历，我在该做决定的时候犹豫了。同事见我下不了决心，就给我打气说：目前为止，这是人力资源领域里少有的含金量比较高的证书，你有资格报名，还犹豫什么？仔细一想，对方说得很有道理，我就立马咨询老师，报班、领取课程，制订学习计划，很快又开启了考证之旅。当我听了黄会老师的"员工关系"这一课程后，我觉得一章比一章贴合实操，这不完全是为了考证，也是在丰富人力资源专业的实操经验，越学越有兴趣，也越轻松。关键是，这次的考证准备阶段，我有了一个小伙伴，那就是我的女儿。读小学的她在我的影响下，每天都自觉地完成自己的学习任务，有时候还会来督促我，家里的学习氛围都变好了，最终的结果是成功上岸啦。

考证启发

　　人的潜力是无限的，只要有坚不可摧的决心，踏踏实实地朝着目标前进，无论在人生的哪个阶段，一样可以创造属于自己的"奇迹"。当你站在新的高度去回望的时候，当初的种种艰难，都不算什么了。相信"相信"的力量，朋友们，一起追光吧！

99. 潘巨明：学无止境，精彩人生

工作单位：浙江瑞昭科技股份有限公司

职　　务：副总经理

工作地点：浙江省温州市

证书情况：2014 年企业人力资源管理师一级

　　　　　2018 年劳动关系协调师一级

考证经历

2010 年来到万邦德集团开始从事人力资源工作，由于此前从未学习过人力资源知识，且工作时急需相关专业知识，在偶然得知温岭市人社局免费开展二级人力资源管理师考前培训时，我就报了名。经过系统学习，2012 年二级一次性通过，这是我获得的第一本人力资源证书。2014 年上半年我报名参加了一级考试，由于没有进行系统的培训学习，考试并未全部通过；2014 年下半年我再接再厉，取得了一级人力资源管理师证书。2015 年我乘胜追击，取得了经济师（人力资源专业）中级职称。2018 年取得了劳动关系协调员一级证书，并在此期间获得了各类证书 10 多本。今年又报名参加了浙江财经大学组织的职业指导师一级考试，相信自己会顺利通过。

备考过程

我出生于温岭市的农村，初中未毕业就去打工了，在打工中感受到了知识的重要性。之后我去北京学习，先后取得了成人专科、本科学历。但我并未读过正规大学，基础知识不扎实，备考企业人力资源管理师时很吃力。后来经过培训，逐渐入了门。备考期间，我认真学习，功夫不负有心人，终于通过了考试，据说通过率还不足30%。考一级时，我信心满满，但是因为附近没有面授课程，全靠自学，而且一级更难，我考了两次才得以过关。

证书使我腾飞

拿到一级企业人力资源管理师证书后，公司领导认为我具有专业知识，把我调到了董事长秘书岗位，后来又转到了人事管理岗位。公司副总经理是政府退休领导，对我很是看重，多次提拔了我，我还多次获评优秀员工，经过努力我还顺利加入了中国共产党。

值得一提的是，2017年我来到德清县工作，担任一家新能源公司副总经理，因为我有企业人力资源管理师一级的证书，符合当地人才认定标准，就入选了德清高层次人才（E类）。其间我得知当地有高级技师一年1万元补贴的政策，我抱着试试看的态度问了下人社局，收到的答复是一级企业人力资源管理师也属于高级技师，因此我通过这本证书获得了3万元补助。2018年我又获得了一级劳动关系协调员证书，并以市场价30%左右的价格入驻人才公寓。5年下来省了至少3万元房租。与人社局的这些接触，使我和人社局的领导成为朋友，并和人社部门合作在公司开展了钳工专场培训鉴定。有50多名员工获得了高级工、技师等级别证书。在此基础上经过我的指导，若干年后这批员工中获得工程师以上职称的有8人、德清首席技师3人，南太湖特支人才1人，湖州、浙江工匠5人。其中一人还因此当选湖州市人大代表，本人也因此当选县党代表、县优秀党务工作者、湖州市优秀创客等。2022年因为工作需要，我来到温州浙江瑞昭科技担任副总经理。当时公司董事长看我好学上进，工作踏实，取得的成绩较多，没有面试就直接让我来上班了。来到这边后，我也取得了很多荣誉。通过在职学习取得了MBA以及省委党校研究生学历。另外，多所大学还聘请我为导师，国家开放

大学连续两年聘请我担任兼职讲师，讲授人力资源管理方面的直播课。9 月
25 日北京传来喜讯，我和全国的 55 人一起入选了中国机械工程优秀管理工作者。
以上成绩的取得虽然不是一本证书直接带来的，但是没有人力资源管理师一级证
书，就很可能不会有这样的成绩，至少不会这么多，可以说证书给我带来了
腾飞。

100. 潘渊溢："红色引擎"助推非公企业健康发展

个人基本情况

工作单位：温州市立邦塑粉有限公司

职　　务：党支部书记

工作地点：浙江省温州市

证书情况：2024 年劳动关系协调师一级

不断攀登的考证之旅

2019 年 5 月，我开始考取第一本人力资源相关证书——劳动关系协调师二级证书。当时，我在非公有制企业中逐渐接触到了劳动关系协调方面的问题，且意识到了自己在这一领域的知识储备不足，于是决定通过考证来提升自己的专业能力。

2024 年，我参加了浙江财经大学职业技能等级认定，主要是因为浙江财经大学在这一领域具有较高的声誉和权威，而且该院校的认定流程规范，证书的含金量高。

在备考过程中，有很多令我感动的人和事。我的家人一直给予我支持和鼓励，他们在我忙着备考的时候承担了更多的家务，让我能够专心学习。我的同事们也经常与我交流学习心得，分享备考经验，让我感受到了团队的力量。在备考的日子里，我常常利用业余时间刻苦学习，不断攻克一个又一个难题，这种为了目标而努力奋斗的精神也让自己备受鼓舞。

来浙江财经大学参加认定考试的情景至今历历在目：考场氛围严肃而紧张，我怀着忐忑的心情走进考场。看着周围认真答题的考生们，我也迅速调整状态，全神贯注地投入考试中。考试过程中，我认真审题，仔细答题，努力将自己所学的知识充分发挥出来。

对于备考时间的安排，我有以下建议：首先，要制订详细的学习计划，合理分配时间。其次，要充分利用业余时间，比如早起一小时、晚上抽出两到三个小时进行学习。再次，要定期进行复习和总结，巩固所学知识。最后，在临近考试时，要进行模拟考试，熟悉考试形式和节奏，提高答题速度和准确率。

证书背后的成长与思考

在非公有制企业中，党支部发挥着至关重要的引领作用，而当党支部成员获得了劳动关系协调师一级证书后，更是为企业的发展与党支部发挥实质作用带来了新的机遇和动力。

（1）提升专业知识，增强党支部协调能力。拥有劳动关系协调师一级证书，意味着党支部成员掌握了扎实的劳动法律法规知识和专业的协调技能。这使我们在处理企业与员工之间的劳动关系时更加得心应手。同时，专业的协调技能让我们能够在劳动争议发生时迅速介入并进行有效的调解，维护企业的稳定和员工的合法权益。

（2）密切联系群众，提升党支部凝聚力。获得劳动关系协调师一级证书后，我们得以更加深入地参与到企业的日常管理和员工的工作生活中。我们通过协调劳动关系，与员工建立了更加紧密的联系。这不仅有助于及时为员工提供帮助和支持，还能增强员工对党支部的信任。

（3）推动企业发展，彰显党支部价值。在非公有制企业中，良好的劳动关系是企业稳定发展的基础。凭借劳动关系协调师一级证书，能够为企业构建和谐稳定的劳动关系，进而为企业的发展创造良好的内部环境。我们可以协助企业完善人力资源管理制度，规范用工行为，从而提高企业的管理水平。同时，通过协调劳动关系，激发员工的工作热情和创造力，为企业的发展注入新的活力。

后　记

"最美追光者"活动自启动征稿以来，有数百名参加过浙江财经大学职业技能等级认定考试的考生向我们分享了他们的心路历程。

投稿者在回顾这段历程时，总是被美好的回忆所填满，但事实上，每位"追光者"在"追光"途中均历经了重重挑战与艰辛。

有的考生在备考期间面临工作与生活双重压力，然而他们并未选择放弃，而是将压力转化为动力。

正如一位在职备考的人力资源管理从业者所言："夜深人静时，我仍在灯下苦读，虽感疲惫，但更多的是对未来的憧憬。我深知，每一分努力都不会白费，终将有所回报。"

还有部分年龄较大的考生，面临着繁忙的工作和记忆力减退的双重挑战。然而，他们并未因此而退缩，而是将学习过程视为一种对自我的磨砺与提升，通过不断的努力与修炼，致力于成就一个更加完善的自我。

这些故事，不仅是关于参加浙江财经大学职业技能等级认定考试的成功与喜悦，更是关于成长、坚持与梦想的生动诠释。

它启示我们，无论境遇如何，只要心中有光，脚下便有路。唯有勇于追求，坚持不懈，方能抵达心中的星辰大海。

我们要向这些"最美追光者"致以最崇高的敬意，他们的故事激励着我们不断前行。在追求光明的道路上，我们的步伐永不停歇。

我们坚信，随着时间的推移，将有更多"追光者"踏上这条征途，与我们并肩前行，共同书写并分享那些充满希望的追光故事。

让我们携手期待，未来将涌现更多精彩纷呈的内容。